나는 한 번이라도 뜨거웠을까?

나는 한 번이라도 뜨거웠을까?

베벌리 나이두 글 | 고은옥 옮김

BURN MY HEART

내인생의책

이 이야기를 어떻게 들려줘야 할까?
100퍼센트 진실만을 이야기해야 할까?
진실 외에 아무것도 첨가하지 말고 말해야 할까?
내 입장에서 말해야 할까?
아니면 그들의 입장에서 말해야 할까?
내가 그들의 부모에게서 태어났으면 어땠을까?
그 사람이 우리 부모에게서 태어났으면 어떻게 됐을까?
그때 우리는 둘 다 코흘리개에 지나지 않았는데…….

한국어판 서문 - 베벌리 나이두

우리는 이 이야기를 통해 다른 사람의 생각과 마음으로 여행을 떠납니다. 이야기를 따라 다른 시간과 장소에 도착하면, 우리는 현재의 삶을 넘어선 낯선 곳으로 향하게 되지요. 우리는 서로 다르지만, 또 다른 시공간에서는 서로 통하기도 한다는 것을 알게 될 것입니다. 어쩌면 그 발견에 놀랄지도 몰라요. 내가 작가일 때나 독자일 때나 내겐 언제나 그랬거든요. 마치 내가 새로운 여행을 하고 있고, 나와 세계의 연결 폭이 넓어지는 것 같아요. 그래서 기분이 좋아진답니다.

《나는 한 번이라도 뜨거웠을까?》는 울타리에 선 두 소년에게서 시작됩니다. 우리는 약 60년 전의 케냐에 있는 거예요. 두 아이가 고개를 들면 키쿠유어로 키리냐가라고 불리는 커다란 산을 볼 수 있어요. 아프리카 사람들은 오랫동안 이 산을 키리냐가라고 불렀지요. 하지만, 내 이야기에서 이곳의 정복자들은 같은 산을 케냐산이라고 불러요. 지금 이 땅은 정복자가 관리하고 있지요. 한 소년은 키쿠유 쪽 울타리에 살고, 다른 소년은 영국 쪽에 살아요. 같은 시간과 다른 삶을 공유하지만, 여기엔 어찌할 수 없는 거대한 불평등이 있어요. 여기, 그 울타리에 두 아이가 서 있어요. 그리고 두 아이는 서로 좋아하게 됩니다. 나는 독자들이 역사의 힘이 사나워지고, 두 아이가 조금씩 성장하면서 어떤 일이 벌어지는지 보기를

한국어판 서문

바랍니다. 불평등은 끓는 냄비와 같습니다.
　내가 처음 이 소설을 구상할 때, 무수한 의문이 찾아 들었습니다.
　'이 이야기를 어떻게 들려줘야 할까? 100퍼센트 진실만을 이야기해야 할까? 진실 외에 아무것도 첨가하지 말고 말해야 할까? 내 입장에서 말해야 할까? 아니면 그들의 입장에서 말해야 할까? 내가 그들의 부모에게서 태어났으면 어땠을까? 그 사람이 우리 부모에게서 태어났으면 어떻게 됐을까? 그때 우리는 둘 다 코흘리개에 지나지 않았는데…….'
　그래서 이 글을 쓰기 시작했을 때, 나는 장마다 한 소년에서 다른 소년으로 시각을 옮기기로 마음먹었습니다. 이런 방식으로 한 이야기에 두 가지 여행을 엮었지요. 그러니 내 독자들은 동시에 두 사람의 감정과 생각을 따라다녀야 합니다.
　안타깝게도, 세계에는 오늘날에도 침략과 정복이 계속되고 있습니다. 설혹 분쟁이 해결되더라도 '마음의 담'은 오래도록 남아 있을 것입니다. 그래서 저는 그런 장벽을 허물 만한 이야기를 생각해 보았습니다. 이번 작업을 통해 한국 독자들이 《나는 한 번이라도 뜨거웠을까?》를 읽게 되어 무척 기쁩니다. 두 소년의 이야기가 당신의 특별한 기억과 버무려져, 당신만의 소중한 의미를 담은 뜨거운 화인으로 남기를 바랍니다.

무이루리와 가브리엘,
그리고 진실을 알고자 하는 새로운 세대에게 이 책을 바친다.

− 2011년 3월에

Gūtirī ūkinyaga mūkinnyīre wa ūngī…
누구도 다른 사람의 발로는 걷지 못한다.

읽기 전에

'지금 당장 장난을 그만두지 않으면, 마우마우가 잡으러 와!'

1950년대 영국에서 어린 시절을 보낸 사람은 누구나 마우마우에 대한 이야기를 기억할 것이다. 마우마우 이야기는 무서웠다. 그래서 부모들은 아이들에게 겁을 주기 위해 그들을 들먹였다. 마우마우가 영국에서 4000마일이나 떨어진 케냐에 있는데도 말이다.

마우마우란 이름은 적어도 10년 동안 영국 사람들을 공포에 질리게 했다. 그런 뒤 갑자기 완전히 자취를 감추었다. 그 이름은 더는 기삿거리가 되지 못했다. 심지어 역사책에서도 삭제되었다. 과연 이 모든 게 무엇을 의미하는 것일까? 왜 사람들은 침묵하는 걸까? 뭔가 비밀스러운 낌새가 내 안의 호기심에 불을 지폈다. 나는 케냐에서 남쪽으로 2000마일 떨어진 남아프리카공화국에서 자랐다. 그곳에 살았던 우리 또한 많은 비밀을 갖고 있었다.

본격적으로 이야기를 시작하기에 앞서 역사에 대해 몇 가지 말해두는 게 좋겠다.

제2차 세계대전 때 많은 아프리카인들은 영국 편에 서서 함께 싸웠다. 그들은 자유의 이름으로 싸우다 죽었다. 전쟁이 끝난 뒤, 아프리카인들은 그들의 조국에서 자유를 가질 때가 되었다고 선언했다. 하지만 케냐에 살던 백인 정착민들은 아프리카인들과 권력을 나누는 일을 거부했다. 와준구(wazungu)- 아프리카인들은 백인 다수를 이렇게 호칭한다. 그리고 백인 한 사람을 가리킬 때는 음준구(mzungu)라는 단어를 사용한다-는 케냐가 영국의 지배하에 있어야 한다고 주장했다. 이들은 아프리카인들이 아직 어린애들 같아서 독립할 준비가 되지 않았다고 했다. 아프리카인들의 지도자인 조모 케냐타가 토지, 교육, 자유, 평등 그리고 합당한 임금을 요구했을 때, 와준구는 조모 케냐타를 위험한 선동가로 단정 지었다. 백인 정착민들에게 '좋은' 아프리카인이란 자신들과 식민지 정책에 순종하는 사람을 의미했다.

가장 격렬하게 저항한 부족은 키쿠유족이었다. 와준구들은 고원 지대에 자리 잡고 살던 그들의 비옥한 땅을 빼앗아 백인들의 농장으로 귀속시켰던 것이다. 시간이 흐르면서 많은 키쿠유족 젊은이들이 케냐타와 같은 나이 든 지도자들에게 불만을 품게 되었다. 그들은 투쟁을 원했다. 그 결과 마우마우라고 알려진 조직이 성장하게 되었다. 마우마우는 자신들의 땅을 찾기 위해 목숨 바쳐 싸우겠다고 맹세한 단원들로 구성된 비밀 조직이었다. 백인 정착민들을 돕는 키쿠유족 사람은 누구나 '초대받지 않은 손님(백인들을 아프리카로 초대한 사람은 없었다)' 만큼 증오의 대상이 되었다.

이 이야기는 비상사태가 선포되기 바로 전 해에 시작된다. 그리고 배경은 실제지만 등장인물은 모두 허구다.

Contents

한국어판 서문 __ 6

읽기 전에 __ 10

둘만의 비밀 매슈 이야기 __ 15

곤경 무고 이야기 __ 34

불안한 이웃들 매슈 이야기 __ 44

경고 무고 이야기 __ 49

폭풍 매슈 이야기 __ 58

낯선 사람들 무고 이야기 __ 61

스파이 무고 이야기 __ 66

마우마우 놀이 매슈 이야기 __ 77

형제 무고 이야기 __ 87

협곡에서의 하룻밤 매슈 이야기 __ 103

전령 무고 이야기 __ 112

랜스의 계획 매슈 이야기 __ 121

비밀 조직 매슈 이야기 __ 129

비난 무고 이야기 __ 144

불장난 매슈 이야기 __ 154

감금 무고 이야기 __ 165

협박 매슈 이야기 __ 174

고문 무고 이야기 __ 177

고백과 혼란 매슈 이야기 __ 179

이별 무고 이야기 __ 190

친구 매슈 이야기 __ 195

불길 무고 이야기 __ 204

후기 __ 210

케냐 고원지대 – 1951년 11월

둘만의 비밀

– 매슈 이야기

"울타리가 망가졌어. 무고, 이리 와 봐!"

내가 삐져나온 가시철조망을 총신으로 들어올렸다. 철조망의 다른 쪽 끝은 아빠가 새로 박은 말뚝에 연결되어 있었다. 끊어진 철조망은 맨 밑 가닥이었다. 그 위 철사들은 팽팽하게 그대로 있었다. 새 울타리는 내 키의 두 배 높이만큼 쳐져 있어서 나와 수풀 사이를 가르고 있었다. 마치 새장에 갇힌 것처럼 느껴졌다. 예전 울타리는 가슴 높이밖에 오지 않았고, 휘어진 철조망은 나나 무고가 쉽게 넘나들 정도로 느슨했다. 무고는 예전 철조망이 오래된 가죽처럼 약하다며 비죽거렸다.

가시에 찔리지 않도록 조심하면서 엄지와 검지로 철조망을 집어 들어 이리저리 살펴보았다. 그것은 저절로 끊긴 게 아니었다.

밑은 끊기고, 나머지 가닥들은 연결 말뚝에 매달려 있었다. 모험의 냄새를 맡은 두마가 컹컹 짖었다. 그러더니 말릴 사이도 없이 몸을 쭉 뻗어 키를 낮추더니 틈새로 빠져나갔다. 철조망 반대편에서 두마가 긴 구릿빛 꼬리를 흔들어댔다. 철조망 틈새는 어른이 엎드려 나가기엔 비좁았다. 누군가 철조망을 절단했다면, 왜 마지막 가닥만 자른 것일까?

새 레드라이더 공기 총구를 밑으로 향한 채 쪼그려 앉아 살폈다. 황갈색 땅에는 어떤 흔적도 보이지 않았다. 그렇지 않으면, 두마가 방금 증거를 지워버렸든가. 햇빛에 눈이 부셔 눈살을 찌푸리며 무고를 올려다보았다.

"뭐 본 거 없어?"

무고는 새까만 눈으로 울타리 양쪽의 잿빛 풀 무더기를 살펴보고는 고개를 저었다.

"아니요…… 아무것도 없어요."

아주 작은 것조차 찾아내는 무고의 눈은 믿을 만했다. 무고는 나보다 두 살이 더 많은 열다섯 살이었고, 무고라는 이름도 '천리안'이라는 뜻이다. 무고는 우리 집 주방에서 일하기 전엔 목동으로 일했다. 그래서 농장 주변 지역에 대해서는 샅샅이 꿰고 있었다.

"무고, 누가 이런 짓을 했을까? 짐승이 그랬을까?"

"아니요. 동물은 아니에요." 무고는 다시 한 번 고개를 저었다.

"그럼, 사람이 그랬단 말이야?"

무고는 당연하다는 듯 말이 없었다. 작렬하는 태양 아래에서 무고의 두 볼은 밤색 개머리판처럼 윤이 났다. 하지만 이마는 걱정으로 주름져 있었다. 무고가 울타리 반대편 흰가시아카시아나무를 뚫어지게 쳐다보기에 그쪽으로 시선을 돌렸다. 저 길고 뾰쪽뾰쪽한 가시들 중 하나에 무언가 걸려 있지 않을까?

"보러 가야겠어."

혼잣말하듯 내가 말했다. 무고가 펄쩍 뛰었다.

"안 돼요, 작은 브와나!¹⁾ 아버님이 화내실 거예요."

"저 나무까지만 갈게."

"안 돼요! 울타리에 대해 브와나께 말씀드려야 해요."

무고가 고집을 부렸다.

"무고, 아빠는 지금 안 계신단 말이야."

짜증이 나 쏘아붙였다.

"그럼, 우리는……."

"주마에게 알려야 한다고? 주마는 엄마가 아파서 문병하러 갔단 말이야. 아빠가 가도 된다고 했잖아."

주마는 아빠가 새로 고용한 감독관이었다. 나는 의기양양해져 씩 웃었다.

"무고, 걱정하지 마! 우리 둘이서 잘할 수 있어."

"저희 바바²⁾한테 말해요!"

무고는 진심으로 애원했다. 무고는 마구간 가는 길에 서 있는 유칼리나무를 가리켰다. 손가락은 마치 전기 충격을 받은 것처럼 허

---

1) '주인님'을 의미하는 스와힐리어.
2) '아빠'를 의미하는 스와힐리어.

나
는
한
번
이
라
도
뜨
거
웠
을
까
?

공에서 떨렸다. 무고의 아빠 카마우는 우리 마구간을 책임지고 있었다.
"그래, 그렇게 할 거야. 밤이 되려면 아직 멀었으니까, 사람을 불러 수리할 시간은 충분해. 난 단지 저기에 뭐가 있는지 확인하고 싶을 뿐이야."
무고가 뭐라고 대답하기 전에 나는 울타리 구멍으로 총을 밀어 넣고는 납작 엎드려 기어갔다. 멀지도 않고 오래 있을 것도 아닌데…… 아빠에게 꼭 보고할 필요는 없잖아. 아빠에게 반항한다는 생각이 들자 짜릿했다.

울타리 건너편 수풀은 우리 농장의 일부였고, 수풀은 강까지 이어져 있었다. 멀리 평원까지 이어진 개울과 케냐산의 산비탈을 지나 상류까지 모두 우리 농장이다. 할아버지는 그곳을 '그레이슨 컨트리'라고 불렀다. 엄마는 내가 걸음마를 막 뗐을 무렵부터 유모에게 울타리 너머에 있는 수풀 지대로 데려가 달라고 졸랐다고 한다. 하지만 유모는 내가 울타리를 벗어나게 해서는 안 된다는 지시를 받았다. 여섯 살이 되자, 나는 아빠의 하얀 종마를 책임지고 돌보던 카마우에게 달라붙었다. 카마우는 소년 시절부터 그레이슨 컨트리에서 일했다. 틈만 나면 징징대는 통에 카마우는 곤란해 했고, 마침내 아빠는 카마우에게 나를 조랑말에 태워 가까운 강가는 구경시켜 줘도 좋다고 허락했다. 그 뒤 나도 조랑말을 탈 수 있게 되자, 카마우는 내 옆을 늘 지켰다. 이른 아침, 산마루에 앉아 야생 동물들이 물을 마시려고 내려오는 것을 보노라면, 이 세상에 그런 기분은 없었다. 카마우는 산짐승에 대해 모르는 게 없었고, 카마우가 들려주는 이야기는 암만 들어도 싫증이 나지 않았다.

카마우의 작은아들 무고는 우리 목동이었는데, 하루는 나를 독사로부터 구해주었다. 여덟 살이던 나는 아빠와 함께 해 질 녘이 되어 소들이 보마3) 안에 다 들어갔는지 확인하고 있었다. 밤에는 사자나 하이에나, 표범까지도 어슬렁어슬렁 내려오기 때문이다. 보마 입구 근처에서 개미집을 발견한 나는 장난으로 막대기로 그곳을 들쑤셔댔다. 그런데 갑자기 검은색 맘바 한 마리가 고개를 쳐들고 스르르 기어 나오는 것이 아닌가! 눈 밝은 무고가 나를 잽싸게 안아 올리지 않았더라면, 나는 맘바의 독 때문에 몇 분 안에 황천길에 올랐을 것이다. 아빠는 무고가 현명하게 대처했다고 칭찬했고, 얼마 안 있어 무고는 우리 주방에서 일하게 되었다.

시간이 흘러, 우리 부모님은 '무고와 함께'라는 조건을 달고 수풀에 가는 것을 허락하였다. 요리사 요시야의 허락만 떨어지면 우리들은 수풀로 달려갔다. 요시야는 무슨 일이 생기면 자기 책임이라며 투덜거렸으나 결국은 허락했다. 특히 내가 기숙 학교에 들어가 휴일 때만 집에 올 수 있게 되자, 요시야로서는 더더욱 어쩔 수 없었다. 학교에서 나는 무고와 함께할 새로운 탐험에 대해 작전을 짜느라 종종 뜬눈으로 밤을 지새웠다. 이런 공상들 덕분에 기숙 학교에서의 길고 긴 몇 주를 버틸 수 있었다.

하지만 최근 들어 상황이 바뀌었다. 아빠가 자기와 함께가 아니

---

3) '들판에 목책을 둘러 만든 우리'를 뜻하는 스와힐리어.

면 수풀 지대로 가서는 안 된다고 못을 박고 나선 것이다. 그것은 '예방 조처'였다. 요즘 아빠가 무장을 한 채 다니는 것도, 또 새 울타리를 손본 것도 말이다. 어제 주말을 보내러 집으로 돌아오는 차 안에서 엄마는 이런 사실에 대해 넌지시 언급했다. 엄마는 특별히 걱정할 필요는 없다고 먼저 선을 그었다. 사실 농장은 여전히 평화로웠다. '우리는 단지 조심하는 것뿐이란다.' 그리고 아빠가 덧붙였다. '마우마우 놈들이 이렇게 멀리까지는 오지 않을 게다. 게다가 내가 얼마나 일꾼들을 잘 돌보아 왔냐? 그들도 충직하고! 설마 자기들 손으로 제 밥상을 뒤엎지는 않을 게야.'

나는 울타리 건너편에서 일어섰다. 특공대원처럼 레드라이더를 호기롭게 들어 올리자 두마 또한 신이 나서 꼬리를 흔들어댔다.

"어서 넘어와!" 무고를 채근했다. "이쪽으로 넘어오라고. 빨리!"

무고는 뭐가 못마땅한지, 귀에 들릴 정도로 한숨을 내쉬었다. 하지만 빨간색 페즈도 벗었고, 흰색 튜닉도 벗었다. 무고는 튜닉을 개서 그루터기에 올리고 그 위에 페즈를 얹어 놓았다. 언제나 신중한 무고다. 무고의 유니폼에 얼룩 한 점이라도 묻으면 요시야가 얼마나 혼을 내는지 나도 잘 알았다. 얼룩진 셔츠와 바지를 내려다보았다. 요시야의 아내 머시는 쯧쯧! 하고 혀를 차겠지만 그걸로 끝이었다. 머시가 내 옷을 빨아 다림질해서 말끔하게 입히는 것에 자부심은 아니라도, 자랑스러워한다는 것쯤은 나도 눈치채고 있었다. 그래서 머시의 불평은 언제나 말뿐이었다.

가시철조망 아래로 기어 나오는 무고를 보았다. 두마는 모험 때문에 달뜬 듯했다. 무고에게 코를 벌름거리고 나를 올려다보며 왕

왕! 짖었다.

"쉿, 두마! 조용히 해, 이 녀석아!"

훤한 대낮이고 수풀 지대가 울타리 근처라 그렇게 위험할 리 없었다. 그래도 두마가 조용해지고 무고가 이쪽으로 합류하자, 한결 마음이 놓였다. 무고의 얼굴에 드리운 염려를 못 본 척 애써 깔아뭉갰다.

"난 이쪽을 살필 테니까, 넌 저쪽을 살펴봐!"

양쪽 검지로 두 방향을 직각으로 가리키며 말했다.

"저기 가시나무 있는 곳까지만 가. 그러면 서로 지켜볼 수 있어. 그런 다음 방향을 바꾸어 다시 있던 자리로 돌아오는 거야. 알았지?"

무고는 인상을 구긴 채, 입을 열지 않았다.

"무고! 정신 차려! 세상 걱정 혼자서 짊어진 듯이 굴지 말란 말이야! 네가 아무리 그래도, 난 갈 거야."

걸음을 떼자 두마의 호리호리한 구릿빛 얼굴이 우리 둘을 번갈아 가며 힐끔힐끔 쳐다보았다. 두마의 두 눈에도 우려가 서린 듯했다.

"이리 와, 두마! 이리로!"

두마의 엉덩이를 토닥거리며 불렀다. 하지만 두마는 무고가 저쪽으로 걸어가자 무고를 쫓아가 버렸다.

그런 일에 신경을 빼앗기고 싶지 않았다. 정신을 분산시켜서는 안 되었다. 울타리를 망가뜨린 사람에 관한 조그마한 증거라도 잡으려면 집중해야 했다. 수색이 성과를 거둔다면 아빠의 지시를 어

나는 한 번이라도 뜨거웠을까?

겨도 괜찮을 것이다. 아빠도 화만 내시지는 않을 것이다. 사실 아빠에게 적잖이 실망했다. 몇 주 전부터 아빠와 사냥을 함께 가는 오늘을 그리며 설레었다. 학교에서 짜증이 날 때도 이날을 상상하면서 힘을 냈다. 아빠는 오늘 새 레드라이더를 본격적으로 사용해 봐도 좋다고 했다. 나는 이미 총을 조립하고, 소제하고, 조준하는 법까지 익혀 놓았다. 재빨리 장전해서 멀리 떨어진 표적을 향해 잇따라 쏘는 법도 많이 연습해 놨다. 엄마의 과수원에서 과일을 쪼아 먹던 불불새 두 마리를 잡는 데 성공한 적도 있었다. 하지만 오늘은 처음으로 큰 짐승을 잡기 위해 총을 사용하기로 한 뜻깊은 날이었다. 하지만 아빠가 고장 난 발전기를 수리해 달라는 이웃의 부탁을 받은 순간 약속은 한순간에 산산조각이 나 버렸다.

"미안하다. 하지만 일에는 우선순위라는 게 있단다."

내가 보기엔 언제나 아빠에게는 나보다 다른 일들이 우선순위를 차지하는 것 같았다.

본격적으로 탐색에 나섰다. 증거를 찾기 위해 레드라이더 총신으로 풀 더미를 헤쳐 가며 땅을 뒤적거렸다. 내 눈동자는 허투루 흘린 단서를 잡아내기 위해 수풀 근처와 가시나무 사이를 굴러다녔다. 그리고 틈틈이 무고와 두마가 뭔가를 찾아냈는지 살폈다. 소년과 개는 한 팀이 되어 움직이고 있었다. 질투가 빵 터지는 걸 느꼈다. 두마는 '내' 개였다. 두마는 붉은 털을 가진 세터[4] 종이었다. 강아지였을 때 우리 집에 왔다. 이름도 지어 주었다. 치타와 닮지

---

4) 사냥감의 위치를 알리도록 훈련받은 개.

않았지만, 두마라는 이름을 붙였다– '두마'는 스와힐리어로 치타를 의미했다. 세상에서 가장 빨리 달리는 개가 되었으면 하는 바람 때문이었다. 이제는 두마가 그 이름에 걸맞은 자질을 갖춘 개가 아니라는 사실을 잘 알지만, 그래도 진심으로 두마를 사랑했다. 처음으로 기숙 학교에 입학해 두마와 떨어졌을 때는 꺼이꺼이 울었다. 그리고 창피하게도 기숙사 침대에 오줌을 지리고 말았다. 사감 선생님은 그 일을 어이없어 했다. 훌쩍이면서 개가 보고 싶어서 울다가 실수했다고 고백하자 더 언짢아했다.

"엄마가 보고 싶어서 울었다면 이해가 되지만, 개가 보고 싶어서 울었다니! 나보고 그걸 믿으라는 거야!"

사감 선생님은 딱딱한 스코틀랜드 억양으로 꾸짖었다.

그런데도 두마는 무고를 더 따랐다. 슬그머니 떠오른 질투를 애써 눌렀다.

무리지어 있는 가시나무에 다다랐을 때, 가시나무 가지 사이에서 재빨리 움직이는 무언가가 보였다. 그 순간 나는 그 자리에 얼어붙고 말았다. 그 무언가도 움직임을 멈췄다. 그게 임팔라라는 것을 알고 나서야 참았던 호흡을 시나브로 뿜었다. 그놈이 고개를 들고 내게 고개를 돌린 순간 나는 완전히 넋을 잃고 말았다. 숨이 막힐 정도로 멋진 뿔 한 쌍이었다. 그 멋진 뿔은 내 팔보다도 더 길 것 같았다. 임팔라는 미동도 없이 그대로 있었다. 하얀 귀의 까만 끄트머리는 마치 안테나처럼 솟아 있었다.

떨지 않으려고 애쓰면서 서서히 장총을 들어올렸다. 절호의 기회였다. 성공하기만 한다면…… 얼마나 근사한 전리품인가! 겨드랑이에 개머리판을 낀 다음, 왼쪽 눈을 가늠쇠에 대는 동시에 왼쪽 검지를 방아쇠에 갖다 댔다. 그러나 방아쇠를 당기기 직전 임팔라는 고개를 휙 돌리더니 껑충 뛰어 달아나버렸다. 그와 동시에 두마가 짖으며 풀밭을 가로질러 임팔라를 쫓았다. 쫓지 말라고 소리쳤다.

"멍청한 녀석!" 아쉬웠다. "아깝다. 아까워 다 잡았었는데."

팽팽하게 흐르던 적막을 먼저 깬 게 두마인지 임팔라인지는 알 수 없었다. 어느 쪽이든, 기회는 달아나 버렸다. 그러……나 어쩌면 기회를 완전히 잃어버린 게 아닐지도 몰랐다. 두마를 뒤따라온 무고에게 말했다.

"산마루까지 가보자. 거기서는 다 볼 수 있어."

"안 돼요, 작은 브와나! 그곳은 안전하지 않아요! 얼른 돌아가야 해요."

무고가 소리를 높였다.

하지만 흥분은 이미 달아오른 상태였다. 코앞에 있는 전리품을 포기할 수는 없었다. 임팔라는 강가에서 물을 마시고 있을 것이다. 그리고 산마루까지는 아직 못 갔을 게다. 무고와 함께 이미 그곳에 수도 없이 갔었다. 절단된 가시철조망의 기억을 애써 머릿속에서 지웠다.

"새 울타리 때문에 너무 과민 반응을 보이는 거야, 무고. 엄마도 그건 예방 조치에 불과하다고 했잖아. 어서 나를 따라와!"

내가 우겼다.

산마루까지는 울타리에서 온 만큼의 거리를 더 가야 했다. 후다

딱 한달음에 가고 싶은 마음이 굴뚝같았지만, 머릿속에서 아빠의 말이 발을 자꾸 잡아챘다. '총을 갖고 있을 때는 뛰지 마!' 어쩌면 임팔라를 따라잡을 수 있다고 자신하는 것 자체가 멍청한 생각일지 몰랐다. 하지만 임팔라가 쫓긴다고 느끼지 못했다면, 임팔라는 강 근처에 머물고 있을 공산 또한 충분했다.

오른편으로 가시덤불이 무성했지만, 툭 트인 초원에 도착했다. 무고는 고개를 내저었지만, 다리는 따라오고 있었다. 두마가 이번엔 앞장섰다.

"이번엔 절대 짖지 마!"

두마에게 작은 소리로 힘을 주어 경고했다. 두마는 불쾌한 듯 머리를 치켜세웠는데 마치 '내가 그렇게 바본 줄 알아?'라고 말하는 것 같았다.

눈을 180도로 끊임없이 훑으며 땅을 꼼꼼하게 살폈다. 오른편의 가시덤불은 아래쪽으로 갈수록 무성했다. 마음속에서는 '그만해! 무언가가 아니면 누군가가 저기에 숨어 있을 수 있어!'라는 소리가 성가시게 굴었다. 하지만 무고가 뒤에 버티고 있었다. 무고가 누군가? 무고는 수풀 지대에 대해 손바닥 보듯 훤히 아는 아이다. 무고가 걱정하는 건 오로지 아빠의 화였다. 만약 임팔라를 잡게 된다면, 아빠에게 울타리 가까이에서 임팔라를 봤다고 할 것이다. 단지 그것을 끌고 오기 위해 철조망 틈새 밑을 재빨리 나갔다 왔을 뿐이라고.

산마루에 가까워질수록 길은 험한 바윗길이 되었다. 할아버지가 세운 전망대 오두막으로 향하는데, 길게 자란 마른 풀들 사이에

커다란 바위들이 솟아 있었다. 오두막의 문을 열었다.

"이리 와, 두마, 이리 와."

차분히 두마를 구슬렸다.

"안으로 들어와, 두마!"

두마가 들어오자마자, 잽싸게 밖으로 나가 문을 걸어 닫았다. 다시 임팔라에 근접했을 때, 두마가 또다시 그 녀석을 겁주어 쫓아내서는 곤란했다. 두마는 창문에 앞발을 올려놓은 채 낑낑거렸다. 창문 틈새로 손을 집어넣어 귀를 쓰다듬어 주었다.

"두마, 그렇게 오래 걸리지 않을 거야!"

두마를 달래면서도 강기슭이 궁금해 고개를 돌렸다. 그곳은 황량했다. 몇 달 동안 비 한 방울 내리지 않아, 강은 허연 배를 드러내고 있었다. 강가 빈터의 한쪽에는 노란해열목들이 서 있었다. 그리고 오른편에 있는 가시덤불은 그리 멀지 않은 자드락까지 뻗어 있었다.

"뭔가 발견했어?"

눈 밝은 무고에게 물었다. 임팔라는 몸 색깔이 노란해열목 아래 그늘진 붉은 흙과 흡사해서 곧잘 그곳에 위장한 채 숨었다. 하지만 그곳에서도 어떠한 움직임도 감지할 수 없었다. 실망스러웠고 짜증스러웠다. 특히 무고가 계속 입도 벙긋하지 않는 게.

"좀 더 내려가면 자세히 살필 수 있을 거야."

무고의 대답을 기대하지 않았다. 그래서 그냥 비탈길을 사선으로 타고 혼자 내려갔다. 절반쯤 내려가다 아무것도 발견하지 못하면 포기할 것이다. 햇빛 조각들이 거대한 노란해열목 나뭇잎 사이를 뚫고 들어가 황록색 나무껍질을 비추고 있었다. 그 나무 그늘에 초대를 받는다면 정말 시원할 것 같았다. 그 자리에 멈춰 서서 자드락 위쪽을 쳐다보았다. 오른쪽으로 더 내려간다면 오두막이 보이지 않았으리라. 총을 든 손바닥이 땀에 축축해진 것을 느꼈다. 모험을 떠난 뒤 처음으로 의구심이 들었다. 레드라이더 때문에 지금처럼 담대하게 굴 수 있었으리라.

패배를 인정하고 막 돌아서는데, 무고의 손이 어깨를 건드렸다. 무고의 검지가 가리키는 방향을 쳐다보았다. 무고, 결국 해냈구나! 그곳에 임팔라가 있었다. 녀석은 머리와 멋진 뿔을 옆으로 드러낸 채, 나무 두 그루 사이에 꼼짝 않고 있었다. 발자국 소리를 들었을까? 녀석이 사정거리 밖에 있어 가까이 다가가야 했다. 최대한 조용하게 서푼서푼 발끝으로 걸어갔다. 한 발짝, 다시 한 발짝, 걸음을 뗄수록 발소리보다 심장 뛰는 소리가 더 크게 울렸다. 우산가시나무에 다다라 낮은 가지의 가시를 피하고, 황금색 긴 꼬투리들을 건드릴까 싶어 몸을 숙였다. 조금만 더 가면 완벽한 자리였다.

두 번째로 숨을 멈추고 총을 들어올렸다. 목표물이 가늠쇠 안에 들어올 때까지 천천히 조종했다. 임팔라의 머리를 쏴야 하고 절대 떨어서는 안 되었다. 손가락을 방아쇠에 갖다 댔다. '진정해! 떨면 안 돼!' 속으로 되뇌었다. 마침내 방아쇠를 당겼다. 사격 후의 충격이 몸을 관통하는 것과 동시에, 엄청난 울부짖음과 나뭇가지들이 부딪히는 소리가 들렸다. 임팔라를 맞혔는지 확인도 하기 전에, 무고가 나를 세게 잡아당기며 소리쳤다.

"코끼리예요! 코끼리!"

코끼리였다! 거대한 회색 머리 위로 코를 들어 올린 코끼리 한 마리가 엄청나게 큰 귀를 펄럭거리며 돌진해왔다. 강으로 달아나는 무고 뒤에서 뛰다가 엎어졌을 때, 어깨가 빠지는 줄 알았다.

도망칠 길은 아래쪽밖에 없었다. 괴물과 강물 사이에 꼼짝없이 갇혀버린 것이다. 노란황열목의 가장 낮은 가지조차 올라가기에는 높아 보였다. 게다가 그 나무는 맹렬히 돌진해 오는 코끼리에게서 그다지 안전해 보이지 않았다. 그래도 그중 한 나무는 안전할 것 같았다. 두 가지 중 한 쪽이 위로 급격하게 뻗어 있었다. 무고는 앞에 있는 나를 떠밀면서, 나무 위로, 위로 계속 올라가라고 자꾸 손짓을 했다. 올라가려고 애썼지만 오른팔에 끼고 있던 총이 거치적거렸다. 양 무릎으로 나무 껍데기를 긁어 대면서도 왼손으로 나무 몸통을 힘껏 움켜쥐었다.

"서둘러요! 서둘러!"

무고가 재촉했다.

"빨리요! 총을 저에게 맡기세요!"

무고가 총을 향해 손을 뻗었다.

순간 망설였다. 어디에 써 있지 않았지만 나는 알고 있었다. 하인의 손에 절대 총을 들려줘서는 안 된다는 것을. 아빠는 카마우를 절대적으로 신뢰했지만, 총을 맡긴 적은 없었다. 오직 너 자신만이 네 총을 책임져야 한다.

"아니야, 혼자서 할······."

말하려는 순간, 고막을 찢는 코끼리의 울부짖음이 들려왔다. 코끼리는 나무에 금세 다다를 정도로 가까이 와 있었다. 손이 떨렸지만 무고에게 총을 건넬 수밖에 없었다. 그러자 두 손을 이용해 나무 위로 기어 올라갈 수 있었다. 무고가 뒤따라 급하게 올라왔다. 무고가 총을 떨어뜨려서는 안 되는데! 코끼리가 발로 밟기만 해도 총은 박살날 것이다. 하지만 코끼리에 닿지 않을 정도로 높이 올라갔는지 아래를 내려다볼 엄두도 나지 않았다. 기도했다. '하느님, 부디 제 기도를 들어주세요. 제발 코끼리가 나무를 넘어뜨리거나 우리를 떨어뜨리지 않게 해주세요!' 예전에 코끼리가 나무를 통째로 뽑아 버리는 모습을 본 적이 있었다. 그 녀석은 단지 우듬지에 난 맛있는 잎을 먹기 위해 나무를 뿌리째 뽑아 버렸다. 그 나무는 지금 이 나무만큼 크진 않았지만, 화가 난 코끼리는 무슨 짓이든 할 수 있다.

가지가 점점 가늘어지자 현기증이 났다.

"더 이상 못 가겠어!"

충분히 올라갔는지 확인도 못하고 나는 울먹이고 말았다. 무고는 손쉽게 나를 따라잡았다. 레드라이더는 무고의 겨드랑이 사이에 안전하게 껴 있었다.

"엎드리세요."

무고가 소리를 내지 않은 채 입 모양으로 말했다. 왜 그러는지 알았다. 코끼리는 뛰어난 청력을 갖고 있지만 시력은 좋지 못하다는 걸. 어쩌면 위쪽에 있는 우리들의 냄새를 맡을 수는 있을 것이다! 입을 앙다문 채, 조심스레 고개를 나뭇가지 밑으로 내밀었다. 꺼칠꺼칠한 나무껍질 감촉 때문에 어릴 적 말을 처음 탔을 때 뺨에 닿았던 까칠했던 수염에 대한 기억이 떠올랐다. 아빠였을까, 카마우였을까? 그게 누구였든 그 거친 감촉에서 안전함을 느꼈었다. 그것은 지금 느끼는 격렬한 두근거림과는 전혀 다른 종류였다.

고개를 돌리자 코끼리가 보였다. 스무 발자국도 떨어져 있지 않은 곳에 멈춰 서 있었다. 거대한 귀를 심상치 않게 펄럭거리고 있었다. 게다가 엄청난 코를 좌우로 흔들었다. 처음으로 그 코끼리가 상아 한쪽이 없다는 사실을 알았다. 싸우다가 잃어버린 걸까? 다시 기도했다. '제발, 하느님. 하느님께서 저 녀석만 쫓아내 주신다면, 다시는 아빠의 말을 어기지 않겠다고 약속드릴게요!' 어떻게 고작 공기총 하나를 믿고 이곳까지 올 정도로 멍청할 수 있을까? 코끼리에게 22구경 소총이 도대체 무슨 의미가 있을까? 그것은 콩으로 탱크를 쏘는 것과 다를 바 없었다. "어떤 멍청이들은 머리가 아니라 총을 더 믿지." 아빠는 항상 이렇게 말씀하셨다. 왜 무고의 모든 경고를 무시했을까? 또 어째서 코끼리가 있다는 걸 미리 간파하지 못했던 것일까? 다 내 잘못이었다. 무고가 나를 따라온 것도. 얼굴에 피가 쏠려 시뻘겋게 상기되는 기분이었다. 임팔라를 맞혔는지조차 알지 못했다. 임팔라의 뿔이 흔들리는 것을 보았던가? 그것은 임팔라가 내빼는 모습일 수도 있었다. 하지만 임팔라에게 더는 신경 쓰지 않았다. 전리품이 총을 맞고 쓰러져 있다 해도 그냥 둘 참이었다. 지금 중요한 일은 오두막에서 두마를 데려와 집으로 무사 귀환하는 것이었다.

코끼리는 침입자를 계속 쫓을지 말지 고민하는 무장한 경비처럼 우뚝 서 있었다. 그 녀석이 몸을 돌려 산비탈을 향해 쿵쿵 오르기 시작할 때까지 몇 시간이 흐른 것 같았다. 안도감과 함께 힘이 몸에서 쭉 빠져나가는 것을 느꼈다. 무고가 먼저 움직이기를 기다렸다.

"저 녀석은 이제 음군가5) 씨앗을 먹을 거예요. 음군가 씨앗을 엄청 좋아하거든요."

코끼리가 우산가시나무 사이로 완전히 사라지자 무고가 차분하게 말을 이었다. 코끼리들은 무화과 열매의 황갈색 꼬투리를 흔들어 떨어뜨려 먹는 것을 좋아했다. 녀석이 음군가 씨앗을 포식하고 있을 때, 틀림없이 총소리가 녀석의 신경을 건드렸을 것이다.

노란황열목에서 내려왔을 때, 무고가 얼마나 차분한지 내심 놀랐다. 무고가 앞장섰다. 처음에는 강 쪽으로 가까이 갔고, 코끼리로부터 가능한 한 멀리 떨어지려고 걸음을 빨리 옮겼다. 무고에게 총을 달라고 말해볼까 하다 그만두었다. 아마 무고는 또다시 나무에 바삐 올라갈 일을 대비해, 총을 대신 맡을 모양이었다. 하지만 숲을 벗어나 확 트인 산비탈에 다다랐을 때도, 무고는 여전히 총을 가지고 있었다. 오두막에서도 총을 돌려주지 않으면, 그때는 꼭 돌려달라고 말하리라 다짐했다.

무고는 산비탈을 성큼성큼 오르기 시작했다. 무고는 계속 주위를 살폈다. 특히 빽빽한 가시나무 덤불을 주의해서 살폈다. 비탈 꼭대기를 헉헉대며 간신히 올라섰을 때, 무고는 일찌감치 오두막에 도착해 두마를 풀어놓았다. 두마는 흥분해서 나와 무고 사이를 깡충깡충 뛰어다니다가, 집으로 가고 있다는 것을 깨닫고는 앞서

---
5) '무화과나무'를 뜻하는 키쿠유어.

나는 한 번이라도 뜨거웠을까?

달리기 시작했다. 무고는 손가락 두 개를 입에 대고 낮게 휘파람을 불었다. 휘파람 소리를 듣고 돌아온 두마에게 무고는 조용히 하라는 손짓을 보냈다. 코끼리가 다시 우리들을 쫓아오도록 자극하는 일이야말로 세상에서 가장 어리석은 행동이었다.

두마의 재롱 때문에 총을 달라고 말할 타이밍을 또 놓쳤다. 무고는 조금 앞에서 울타리로 돌아가는 길로 나를 이끌었다. 먼저 무고를 불러야 했는데, 그러는 게 참 없어 보였다. 농장 경계선을 본 순간 안도감이 밀려들었지만, 내가 참 멍청하다는 자책은 사라지지 않았다. 울타리에 도착하자, 무고는 내가 먼저 기어 나갈 때까지 기다렸다. 울타리 건너편에서 몸을 일으켰다. 하느님, 감사합니다! 우리를 보고 있는 사람은 아무도 없었다.

"이거 받으세요."

무고가 총을 내밀며 말했다. 가시철조망 사이로 총을 건네줄 때, 무고의 두 팔은 마치 어린 아기를 안은 것처럼 보였다.

"고마워, 고마워, 정말 고마워!"

총을 건네받은 나는 무고의 얼굴은 쳐다보지도 않은 채 고맙다는 말만 연신 했다. 너무도 바보 같이 굴었다. 무고도 그걸 알고 있었다. 만약 아빠가 이 사실을 안다면, 우리 둘은 혼찌검이 날 것이다. 아빠에게는 철조망이 망가진 사실만 얘기할 작정이었다. 울타리 아래를 기어 나온 무고가 흰색 튜닉을 입고 머리에 페즈를 쓰는 모습을 지켜보았다.

"이건 우리 둘만의 비밀이야, 알았지?" 목소리가 어색하게 흘러나왔다.

"예!"

무고가 조용히 입을 달싹이며 페즈를 쓴 머리를 주억거렸다. 모든 것은 둘만의 비밀이었다.

나는 한 번이라도 뜨거웠을까?

곤경
- 무고 이야기

음지[6] 요시야는 고기를 써느라 내가 들어오는 것을 보지 못했다. 요시야의 오른손이 마치 칼과 하나가 된 듯 나무 도마를 쳐댔다. 요시야는 부엌 중앙의 테이블 끝에 있었다. 요시야 뒤편 서랍장에 감자가 든 하얀 에나멜 그릇이 보였다. 그 옆에는 호박 한 개와 그린빈스 한 다발이 있고, 토마토가 든 그릇도 있었다. 요시야는 내가 다듬어야 할 야채들을 항상 죽 늘어놓았다. 서랍장에 걸린 시계의 검은 바늘이 요시야의 도마질 소리만큼 무섭게 똑딱거리며 가고 있었다.

무춤거렸다. 서랍장까지 가려면 요시야의 사정거리 안을 지나

---
6) 나이 많은 남성에 대한 존칭으로 사용되는 스와힐리어.

가야 했다. 된통 당하겠다 싶었다. 요시야는 4시까지 돌아오라고 했는데, 시계의 작은 바늘은 이미 5와 6 사이를 가리키고 있었다. 칼질이 멈추었다. 요시야가 고깃덩어리를 국자로 떠 검은색 냄비에 넣었다. 요시야가 요리하느라 정신없는 것 같아, 야채를 가지러 소리 없이 테이블 반대편으로 갔다. 하지만 두 손으로 그릇을 쥔 순간 내 뒤통수에 벼락이 내리쳤다. 나는 휘청거리다가 서랍장에 부딪혔다. 그 충격으로 감자와 토마토들이 떨어져 여기저기 흩어졌다.

"무고, 어디를 그렇게 쏘다니느냐?"

요시야가 우레 같은 목소리로 호통쳤다. 나는 몽둥이찜을 기다렸다. 요시야는 양손으로 내 어깨를 움켜잡은 뒤 빨래를 쥐어짜듯 비틀었다.

"넌 도대체 어떻게 생겨먹은 주방 토토[7]냐? 온종일 뻔들뻔들 놀기만 하다니! 네 아비조차 네 녀석이 어디에 숨었는지 모르더구나."

요시야가 바바에게 다 말했구나! 집에 가서도 죽사발이 나겠네! 매슈는 모든 것을 비밀로 부치자고 했지만, 바바는 틀림없이 진실을 요구할 것이다. 요시야가 엄지손가락으로 어깨뼈 아래를 힘껏 비틀자 순간 온몸이 비틀어졌다.

"내가 몇 시까지 돌아오라고 했었지?"

"아저씨…… 작은 브와나가…….."

말을 마치지 못했다. 요시야가 머리통을 또 한 번 갈겼기 때문

---

7) '아이'를 의미하는 스와힐리어.

이다. 순간 내 머리통이 발밑에 떨어진 토마토처럼 으깨지는 줄 알았다.

"작은 브와나가 네 고용주더냐? 주방에서 일하는 대가로 네게 돈을 주는 사람이 작은 브와나냐?"

"아니요, 음지."

기어들어가는 목소리로 말했다.

"근데 왜 작은 브와나 핑계를 대느냐? 응? 저녁을 늦게 준비했다고 멤사힙[8]께서 불평하시면, 내가 뭐라고 말해야 하느냐? 응?"

사실 다른 핑계를 대더라도 요시야는 타박했을 것이다. 요시야는 내가 지각한 이유가 멤사힙의 아들과 관련 있다는 것을 짐작하고 남았다. 다시 한 번 주먹이 날아올 것 같아 나도 모르게 몸이 움찔했다. 하지만 요시야는 어깨를 세게 눌러 바닥에 주저 앉혔다.

"떨어진 것들이나 주워라. 너 때문에 못쓰게 된 것들을 좀 봐라! 네놈이 낭비한 시간과 똑같은 꼴이구나! 그것들을 씻은 다음 썰어라! 서둘러! 음흐!"

요시야는 거칠게 숨을 내쉬었다. 코끼리는 자신이 만난 사람에 대해 오랫동안 기억한다고 한다. 요시야의 기억력도 코끼리만큼 긴 것 같다.

바깥 개수대에서 감자 껍질을 벗기는 동안, 부엌에서 들려오는 요시야의 잔소리를 듣지 않으려고 애썼다. 하지만 안 들을 수가 없

---

8) '마님'을 의미하는 인도 및 아랍어, 과거 인도에서 신분 높은 기혼 여성, 흔히 유럽 여성을 칭할 때 쓰던 말.

었다. "토토란 녀석이 어떻게 저리 멍청한 걸까?" "네 녀석이 와준구9)들을 위해 일할 때는 그들 시간을 따라야 하는 법이다!" 이를 악물었다. 매슈는 음준구10)다. 나와는 달리 '백인의 시간'에 구애받지 않는 사람이다. 너무 불공평했다! 억울함에 치를 떠는 사이 요시야는 투덜거림을 멈추고 콧노래를 불렀다. 곧 자신이 가장 좋아하는 노래를 흥얼거리기 시작했다.

"전진하는 기독교 병사들이 전쟁터를 향해 행군한다네……."

요시야와 요시야의 아내 머시는 기독교인이다. 그들은 일주일에 한 번씩 가장 좋은 옷을 차려입고 집을 나섰다. 나무로 지은 작은 교회에서 다른 기독교인들과 함께 예배를 드렸다. 그곳까지는 수풀 지대를 가로질러 가면 30분밖에 걸리지 않았지만, 그들은 언제나 큰길로 에둘러 갔다. 엄마는 요시야와 머시가 유세하는 꼴이라고 비꼬았다. 더 어렸을 때, 교회를 다니지 않는 부모를 둔 아이들은 교회에 나가는 사람들을 보며 놀려댔다. 요시야의 노래를 처음 들었던 때가 그때였다. 나는 영어를 몰랐지만, 시내에서 학교를 다니는 지타우 형이 가사를 해석해 주었다. 형은 기독교인들이 전쟁에 관한 노래를 부르는 것이 이상하다고 덧붙였다. 형이 다니는 학교 교장선생님이 기독교인들은 평화를 사랑한다고 늘 말했던 것이다.

그때의 기억이 떠오르자 노랫소리가 평화롭기보다는 호전적으

---

9) '다수의 백인'을 지칭하는 스와힐리어.
10) '백인 한 사람'을 지칭하는 스와힐리어.

로 들렸다. 야채를 다 다듬고 부엌으로 들어갔다. 요시야는 내가 야채를 제대로 썰었는지 확인하면서 그릇 안을 살펴보았다.

"장작을 더 가져 와." 요시야가 명령했다. "불이 꺼질 것 같지 않냐?"

다시 서둘러 밖으로 나갔다. 모든 게 내 잘못이었다. 아침나절 장작을 패고 마구간 옆에다 포개 두었다. 장작더미를 부엌에 달린 헛간으로 옮겨 놓았어야 했다. 하지만 그때 멤사힙이 불러 상자를 차에 가져다 달라고 했다. 숨 돌릴 틈도 없이 요시야가 부엌에 있는 나이프, 포크 그리고 스푼을 광택이 나도록 닦으라고 했다. 결국 장작은 내 머릿속에서 까맣게 지워져 있었던 것이다.

하늘은 점점 더 어슬어슬해지고 있었다. 위대한 키리냐가[11]의 산자락은 두툼한 구름 사이로 완전히 모습을 감춘 뒤였다. 사람들은 건기가 끝났음을 알리는 비 한 방울이 내리기를 간절히 고대하고 있었다. 대기가 무겁게 가라앉아 있었다. 풀밭을 가로질러 마구간을 달려가다가 매슈의 방에 불이 켜진 것을 보았다. 팔에 장작을 안고 부엌으로 돌아가다 매슈의 창문 옆에서 걸음을 늦추었다. 음준구 소년은 책상에 앉아 있었다. 종이 한 장을 두고 뭔가 골똘히 생각에 잠긴 눈치다. 그 앞에는 얇은 나무 조각들이 놓여 있었다. 매슈는 그 조각들을 조립해 모형 비행기를 만들 것이고, 그것은 벽장 위에 놓인 수많은 수집품들 중 하나가 될 것이다. 모형이 완성

---

11) '알려지지 않은 산'을 뜻하는 키쿠유어인데 유럽인들이 케냐로 잘못 알아들어 케냐 산이 되었다. 아프리카에서 킬리만자로 산에 이어 2번째로 높은 산.

되면 자랑을 하러 가져올 것이다. 그러고는 내가 감탄하길 기대할 것이다. '무고, 너 이거하고 똑같이 만들 수 있어?'

"장작은 도대체 어디에 있는 거지? 그놈은 또 어디 간 거야!"

부엌문으로 새어나오는 요시야의 불평에 서둘러 달려갔다.

식당에서 종이 울렸다. 쟁반을 든 요시야가 앞서 걸어 나갔다. 요시야는 히틀러에 맞서 큰 전쟁을 치르는 동안 와준구 요리를 배웠는데, 아직도 군대에 있을 때와 똑같이 행군 걸음을 한다. 양손에 작은 접시를 하나씩 든 나는 고개를 내리깔고 요시야의 뒤를 따라갔다. 한번은 내가 실수로 요시야가 '멤사힙의 세트'라고 부르던 접시 한 장을 깨뜨린 적이 있었다. 그 뒤로는 그릇을 다룰 때면 긴장되었다. 맨 처음 주방으로 일하러 왔을 때는 엄청나게 많은 접시, 컵, 그릇에 모두 똑같은 그림이 그려진 것을 보고 어리벙벙했다. 아무리 박박 밀어도 지워지지 않는 그림을 보고 또 한 번 눈이 커졌다. 새들이 나뭇잎이 무성한 파란 나무들과 묘하게 굴곡진 지붕을 가진 파란색 집 위를 날고 있었다. 강에 놓인 파란색 다리 위를 건너는 작은 파란색 사람들이 중국인이라고 했다. 하지만 개수대 옆에 산산조각 난 접시들을 본 멤사힙은 계속해서 이렇게 안타까워했다. "이 사기그릇은 영국에서 가져온 것들이란다! 내 말 알아듣겠니, 무고?"

정말 끔찍한 꾸지람이었다. 멤사힙은 일주일 치 급여를 주지 않겠다고 했다. 그때 눈물에 비친 깨진 조각들은 마치 물속에 잠긴 것처럼 보였다. 하지만 멤사힙과 요시야가 부엌을 나간 뒤, 흩어진 조각들을 쓸어 담는데 작은 다리가 창끝 형태로 온전하게 유지된 것을 발견했다. 그것을 숨겨, 집에 있는 작은 보물들을 모아둔 가죽 주머니에 넣었다. 그 주에는 엄마에게 드릴 돈이 없었다. 엄마에게 혼나지 않았지만 기분이 꿀꿀했다. 유일한 위안거리는 보물 주머니 안에 중국과 영국의 아주 작은 사람들이 건너는 작은 다리가 들어 있다는 사실뿐이었다.

식당에 들어선 순간 매슈와 눈을 마주치지 않기로 결심했다. 요시야가 멤사힙 앞에 접시를 내려놓는 동안 와준구 세 명은 우두커니 그 모습을 지켜보고만 있었다. 요시야에게 차림용 접시 두 개를 건네주고 뒤로 조용히 물러섰다. 요시야가 뚜껑을 들어 올리자 김이 모락모락 올라오며 맛있는 냄새가 진동했다. 그 순간에도 모두들 말이 없었다. 요시야가 내게 뚜껑 두 개를 건네줬다. 갑자기 배가 고파졌다. 온종일 아무것도 먹지 못했다. 하지만 와준구들이 식사를 끝낼 때까지 서서 기다려야 하고, 냄비와 그릇들을 다 설거지한 뒤, 부엌 청소를 해야 했다. 그런 다음에야 요시야가 집에 가는 걸 허락할 것이다.

멤사힙이 접시에서 음식을 더는 동안 요시야와 나는 뚜껑을 들고 서 있었다. 그때 브와나가 침묵을 깼다.

"무고, 난 무척 화가 나는구나."

뚜껑을 쥐고 있던 손에 힘이 들어갔다.

"네 아빠와 깜깜한 데서 울타리를 고치느라 고생한 건 너도 알거다. 매슈와 네가 놀다가 망가진 울타리를 보았다고 하더구나. 넌 왜 그 즉시 네 아빠에게 알리지 않은 거냐?"

뭐라고 말해야 될까? 브와나 그레이슨의 시선이 내게 꽂히는 걸 느꼈다. 멤사힙이 음식을 더는 일을 멈추었다. 이제 모두의 시선이 내게 꽂혔다. 고개를 푹 수그렸다.

"매슈는 내가 집에 오길 기다렸다고 하더구나. 하지만 너는 네 아빠에게 즉시 말할 수 있었지 않았니? 카마우라면 일을 어떻게 처리해야 할지 잘 알고 있었을 게다. 그렇지 않으냐?"

"예, 브와나."

작은 소리로 대답했다.

"크게 말하거라! 얘야!"

"예, 브와나!"

"그런데 왜 말하지 않았지?"

나는 망설이며 입술을 깨물었다. 곁눈질로 보니 매슈는 팔짱을 낀 채, 시선을 식탁에 고정시키고 있었다. 덫을 앞에 두고 불안에 떠는 작은 짐승처럼 보였다. 브와나와 멤사힙에게 사실을 고한다면 매슈는 벌을 받을 것이다. 틀림없이 총도 압수당할 것이다.

"할 말이 없느냐? 나는 네가 책임감이 강한 아이인 줄 알았다. 정말 실망이구나, 무고. 네 아비에게도 이미 그렇게 말했다."

브와나는 고개를 돌렸다.

"여보, 미안하오. 자, 이제 먹읍시다."

브와나가 내게 힐책하는 동안 요시야는 꼼짝 않고 서 있었다. 그리고 차림용 접시 뚜껑을 덮은 다음, 앞장서서 부엌으로 걸어갔다.

주방에 돌아온 우리 둘은 둘 다 아무 말도 하지 않았다. 요시야는 눈썹을 치켜세운 채, 쟁반에 과일 샐러드와 크림이 들어간 하얀

나는 한 번이라도 뜨거웠을까?

푸딩을 준비했다. 더러워진 냄비를 모아 밖으로 가져갔다. 머릿속에서는 개수대에 소용돌이치며 구멍으로 빠져가는 물처럼 여러 생각들이 휘몰아쳤다. 브와나가 진짜 실망했다면, 멤사힙은 나를 믿을 수 없다고 말할 것이다. 그리고 새로운 주방 토토를 구할 것이다. 그럼 나는 결국 일자리를 잃게 된다. 그러면 엄마에게 줄 돈이 없어진다. 엄마는 내가 학교에 다닐 수 있도록 돈을 모았는데, 가죽주머니를 일부러 만들어 목에 걸고 다녔다. 바바가 혼자서 돈을 번다면, 나는 평생 학교 구경을 못 하게 된다.

주방 안은 조용했다. 왜 요시야는 눈썹을 치켜세웠던 걸까? 요시야가 새로운 주방 토토를 갖게 되어 신 난다고 할 테지. 복부에 날카로운 통증이 느껴졌다. 집에 가서 저녁을 먹고 싶었지만, 집에 간다는 것은 곧 바바와 마주한다는 사실을 의미했다. 냄비를 씻어 헹구는 동안, 눈을 깜박이며 애써 눈물을 참았다. 다 씻은 냄비를 포갰다. 팔뚝으로 눈물을 훔친 뒤 행주를 가지러 부엌으로 들어갔다. 요시야는 식당 문 옆 의자에 앉아, 멤사힙의 종이 울리기를 기다리고 있었다. 요시야의 눈에 띄지 않았으면 좋겠다.

"어이, 주방 토토!"

소리에 놀라 움찔했다. 요시야는 우갈리[12]가 담긴 작은 접시를 들고 있었다. 거기에 다진 고기와 그레이비가 진한 냄새를 풍기고 있었다.

---

12) 옥수수가루로 만든 매우 걸쭉한 죽을 뜻하는 스와힐리어.

"먹어라!"

요시야가 말했다.

"고맙습니다, 음지."

쭈뼛쭈뼛 접시를 받아들었다. 요시야는 다른 요리보다 먼저 우갈리를 만들었다. 오늘은 지각 때문에 음식을 안 줄 거라고 생각했다. 그것이 또 다른 벌이니까. 그런데 요시야가 난데없이 사근사근해진 것이다. 그 이유를 알 수 없었지만, 묻지 않았다. 밖으로 나가 부엌에서 떨어진 곳에 앉았다. 약간의 우갈리와 그레이비를 오른손가락으로 주물러 뭉쳤다. 입에 넣으려는 순간, 어둠 속에서 두마가 나타나 달려들었다. 두마가 코를 비벼대자 나도 모르게 작게 웃을 수밖에 없었다.

"자, 두마." 첫 번째 우갈리 뭉치를 두마에게 먹이며 말했다. "착한 두마. 넌 괜찮아, 그렇지? 넌 바바의 질문에 대답할 필요가 없잖아."

나는 한 번이라도 뜨거웠을까?

불안한 이웃들
- 매슈 이야기

저녁 식사 뒤, 방으로 도망치고 싶었다. 하지만 엄마가 잡아서 그럴 수 없었다. 기숙 학교에서 집으로 오는 토요일 저녁은 '가족의 시간'이기 때문이다. 그동안 아빠는 위스키를, 엄마는 커피를 마시며 라디오나 축음기 음반을 들었다. 엄마 아빠는 그 시간은 다 같이 함께하기를 원했다. 대개 토요일 저녁 잡담은 내가 없는 동안 있었던 농장 일들에 관한 이야기였다. 하지만 오늘은 이미 아빠에게 꾸지람을 들어 함께 있고 싶지 않았다.

"제 방에 가도 돼요?" 내가 엄마에게 조용히 물었다.

"스피트파이어를 만들고 있거든요, 엄마."

"매슈, 그건 나중에 만들어도 되잖니."

"그럼, 거실에서 만들어도 돼요?"

"안 된단다, 애야!"

라디오 주파수를 맞추던 엄마가 지지직거리는 소리 때문에 소리를 높여 말했다.

"거실에 풀을 흘려서 안 돼. 그냥 잠시만 함께 있자꾸나. 아빠랑 엄마가 온종일 너를 못 봤잖니."

결국 꽃무늬 양탄자 위에 누웠다. 그곳은 얼룩말과 사자 가죽보다는 덜 까칠했다. 이미 몇 번은 봤던 슈퍼맨 만화에 집중하려 애썼다. 아빠는 가죽으로 만든 안락의자에 앉아 술 한 잔을 마시며 신문을 읽고 있었다. 자꾸 우울한 기분이 들어 만화책을 내려놓았다. 신경이 쓰였다. 가뜩이나 재미없는 만화책이 더 눈에 안 들어왔다. 아빠한테 혼나던 무고의 모습이 머릿속을 떠나지 않았다. 아빠에게 이르지 않다니, 좋은 녀석! 무고는 전쟁터에서 비밀 정찰대원이 되고도 남을 것이다. 그들은 나치에게 붙잡혀 끔찍한 고문을 당할 때조차도 침묵을 지켰다고 한다.

"이 사실을 믿을 수 있겠소, 메리?"

아빠가 갑자기 큰 소리로 엄마에게 물었다.

"은예리에 쳐들어간 마우마우 놈들이 한 놈도 처벌받지 않고 자유롭게 싸돌아다닌다는군! 경찰이 증언해 줄 키쿠유족 단 한 명을 확보할 수 없었다니! 그들 모두가 겁을 먹은 게 아니면, 모조리 다 마우마우인 게 분명하오!"

아빠의 말이 궁금해 계속 아빠 말을 기다렸다. 하지만 아빠가 내가 있는 자리에서 마우마우에 관한 말을 꺼내면, 엄마는 즉시 말머리를 돌렸다. 오늘은 전화벨 소리가 그 순간의 정적을 깨뜨렸다.

엄마가 받았다.

"잭, 당신 전화예요."

손으로 송화구를 막은 엄마가 목소리를 낮췄다.

"스미더스 소령님인데, 불안해하고 계세요."

스미더스 소령은 나이 많은 이웃이다. 제1차 세계대전이 발발하기 직전, 할아버지와 소령은 각각 케냐산 아래 5천 에이커에 달하는 초원과 덤불 지대를 손에 넣었다. 두 분은 영국에서 같은 배를 타고 이곳에 왔다. 당시 할아버지와 소령 모두 젊은 아내와 어린 아이가 한 명씩 딸려 있었다. 그 분들은 영국 총독이 백인 정착민들에게 케냐의 농장을 헐값에 판다는 이야기를 듣고는 새로운 나라에서 새로운 삶을 개척하기 위해 영국을 떠나는 배에 오른 것이다. 나이로비에서 그들은 같은 중개인에게서 땅을 샀다. 중개인은 그 땅이 비옥하고 소를 키우기에 안성맞춤이며, 노동력 또한 풍부하다고 자신했다. 그레이슨 할아버지는 그 중개인이 총독이 제시한 헐값을 이용해 바가지를 씌웠다고 늘 투덜댔다. 하지만 그렇게 이웃이 된 두 사람은 허투루 그려진 지도와 토지 구매 계약서 그리고 요리를 담당할 스와힐리족 요리사 한 명씩을 대동하고 소가 끄는 짐수레를 타고 나이로비를 떠났다.

고원 지대에 도착한 할아버지와 소령은 그곳에 살고 있던 키쿠유족 사람들의 도움을 받아 초벽을 이용한 첫 집을 지었고 땅을 개간했다. 유럽에서 전쟁이 일어나자 소령은 아내와 어린 아들 프랭크를 스와힐리족 출신 요리사에게 맡기고 입대했다. 그레이슨 할아버지는 적어도 일주일에 두 번씩 소령의 아내와 아들이 잘 있는지 확인하러 소령의 집을 방문했다. 아빠를 데려갈 때도 있었는데, 그러면 두 소년은 함께 놀았다. 4년 뒤 스미더스 소령이 전쟁터에서 돌아왔을 때, 소령의 마음은 병들어 있었다. 소령은 농장 일을 처리하느라 발버둥쳤고, 계속 할아버지께 의지했다. 소령은 성질이 고약해졌고, 아들 프랭크는 나이로비에 직장을 잡자마자 떠났다. 아빠가 할아버지의 농장을 물려받았을 때 그 까다로운 소령 할아버지까지 떠맡게 된 것이다.

아빠는 수화기를 집어 들어 좀 멀리 귀에 댔다. 소령은 귀가 잘 안 들려서 마구 소리치기 때문이었다. 거친 들숨 사이로 소령의 갈라진 목소리가 들렸다. 소령의 농장 관리책임자인 후사니로부터 누군가 울타리를 끊어 놓았다는 보고를 받았다는 내용이었다. 일을 끝내고 자신의 집으로 가던 후사니가 발견하고는 곧장 소령의 집으로 되돌아와 알렸다. 스미더스 소령과 후사니 둘 다 불안에 떨었다. 엄마는 눈썹을 치켜세운 채 한숨만 내쉬었다. 소령은 자신이 곤경에 처했다는 사실을 좀처럼 인정하지 않는다며 우리 식구끼리 우스갯소리를 하곤 했는데, 이번에는 상황이 어째 심상치 않아 보였다. 아빠가 우리 농장 일에 대해 소령에게 말하기를 기다렸지만, 아빠는 그 일에 대해서는 일언반구도 하지 않았다. 그 대신 아빠는 소령에게 문과 창문이 죄다 잘 잠겨있는지 다시 한 번 확인할 것과, 꼭 총을 침대 옆에 놓고 자라고 신신당부를 했다. 내일 아침 눈 뜨자마자 댓바람에 차를 타고 경찰서에 갈 것이라고 했다.

"무슨 문제가 생기면 또 전화하세요."

수화기를 내려놓기 전에 소령에게 덧붙였다. 아빠의 얼굴은 경

나는 한 번이라도 뜨거웠을까?

직되었다.

"우리 울타리에도 침입 흔적이 있다고 소령님께 말해봤자 무슨 소용이 있겠소. 오늘밤 경찰 작전국장에게 이 사실을 알리겠지만, 아마 아침까지는 움직일 수 없을 거요."

엄마에게 말을 마친 아빠가 나를 심각한 눈빛으로 바라보며 덧붙였다

"이제 알겠나?"

또 지청구를 듣자 뱃가죽이 당겼다.

"매슈. 이제 네 방에 가서 모형 비행기를 만드는 게 좋겠구나."

엄마가 목소리를 낮췄다.

엄마는 아빠가 작전국장에게 전화를 걸 때 내가 자리를 비켜주기를 바란 것이다. 만화책들을 집어 들어 코끼리 발로 만든 등받이 없는 의자 위에 쌓았다.

"엄마가 좀 있다 네 방에 들를게."

엄마는 애써 웃었지만, 눈빛에 서린 불안을 숨기지는 못했다.

경 고
– 무고 이야기

요시야가 일이 끝나면 집에 가도 좋다고 했다. 저녁의 마지막 일은 오후에 닦아 놓아야 했던 신발을 닦는 일이었다. 피곤했고, 신발에 광을 내는 일은 힘들었다. 신발을 음준구 소년의 방에 갖다 놓는데, 매슈가 브와나 서재의 문을 열고 복도로 나왔다. 매슈가 새빨개진 얼굴로 길을 막고 양손 엄지손가락을 위로 치켜세웠다.

"넌 에이스였어, 무고!" 매슈는 모깃소리를 냈다. "내 말은 저녁 식탁에서 말이야."

나는 매슈의 시선을 외면했다. '에이스'가 뭘 의미하든, 전혀 그런 농담을 받아 줄 기분이 아니었다.

"그거 내 신발이지? 잠깐 기다려. 네게 줄 게 있어."

매슈는 침실로 뛰어가더니 금세 다시 문밖으로 나왔다. 신발을 받아들더니 한 움큼의 사탕을 내밀었다. 어떤 것은 작은 레몬 같은 노란색 사탕이었고, 나머지는 검은색과 하얀색 줄무늬 사탕이었다. 반짝이는 투명 비닐로 포장되어 있었다. 받아야 할지 몰라 나는 주춤주춤했다. 매슈가 하나만 주는 것인지 아니면 다 주는 것인지 헷갈렸다.

"어서 받아, 무고. 전부 다 가져! 학교 매점에서 샀어. 노란색 사탕 안에는 레몬 과즙이 들어 있어. 먹고 힘 내."

매슈는 사탕을 쥔 손을 내 손바닥 위에 폈다. 손가락이 저절로 사탕을 움켜쥐었다. 매슈가 너무 열렬히 사탕을 주고 싶어 하는 것 같아 희미한 웃음이 절로 났다.

집과 부엌 사이에 피워 놓은 불가에 앉았다. 하늘에는 달이 없었다. 키리냐가의 산꼭대기에서 떨어진 거대한 어둠의 망토가 산비탈 근처에 자리한 우리 집과 온 산을 뒤덮었다. 장작은 타닥타닥 타고, 수풀에서는 수천 마리의 벌레들이 미친 듯이 울었다. 평소보다 벌레들의 울음소리가 더 미친 듯했다. 공기도 후텁지근했다. 아마도 오늘밤엔 비가 내릴 것이다. 대지는 이미 비를 맞이할 준비를 끝낸 상태였다.

바바의 식사가 끝나기를 기다리는 내내 하이에나의 울음소리와 강가에서 하마들이 툴툴거리는 소리가 들려왔다. 작은 장작 하나를 쥐었다. 그것은 요시아의 스토브에 넣었어야 할 것들 중 한 개를 챙겨 온 것이다. 다른 손으로는 작은 나이프를 빙빙 돌렸다. 나무에 새길 코끼리 모양을 이미 머릿속에 그려 두었지만, 시작할 엄두가 나지 않았다. 바바와 마주치기 싫어 동생들과 함께 일찍 자러 가고 싶었다. 하지만 바바가 먼저 말 좀 하자고 했기 때문에 그럴 수 없었다. 틀림없이 울타리에 관한 일일 게다.

불 맞은 편에 앉은 깡마른 바바의 모습에서 언짢은 기분을 느낄 수 있었다. 엄마는 아무 말 없이 바바에게 음식을 가져다주었다. 평소에 마미[13]는 바바의 기분을 잘 풀어주었다. 하지만 오늘밤은 마미조차도 바바의 기분을 어떻게 할 수 없었다. 치솟은 눈썹과 뾰족한 광대뼈 사이의 예리한 바바의 눈이 나를 한 번 훑고 갔기 때문에, 오금이 저렸다. 화가 난 바바를 볼 때면 돌아가신 할아버지가 생각났다. 폐허가 된 마을에서 본 할아버지 모습 가운데 가장 기억나는 것은 결코 꺼지지 않았던 할아버지의 눈빛이었다. 그게 어떤 것보다 무서웠다. 바바에게는 그런 일이 일어나기를 원치 않았다.

할아버지의 모험담에 대해서는 귀에 못이 박히도록 들었다. 바바가 어렸을 때, 할아버지는 와준구에 대한 소문이 사실인지 확인하기 위해 나이로비에 갔었다. 고향에 남은 작은할아버지들이 할머니와 조카들을 돌보았다. 어느 날 가족들은 할아버지가 와준구 군인들과 함께 일하고 있다는 소식을 전해 들었다. 가족들은 할아버지가 선지자 '무고 와 키비리'(키쿠유족 계시자)의 예언을 따르고 있다고 믿었다. 선지자는 언젠가 붉은색 피부를 가진 침략자들이

---

13) '엄마'를 의미하는 키쿠유어와 스와힐리어.

'불쏘시개'를 들고 쳐들어올 것이라고 했다. 그 선지자의 충고는 분명했다.

'와준구의 언어를 배워라! 그들이 가진 힘의 비밀을 배워라! 그들을 쫓아낼 방법을 배워라!'

그러나 할아버지가 떠나 있는 동안, 한 와준구 가족이 소가 끄는 수레를 타고 왔다. 이 가족의 가장인 음준구는 '증명서'라고 불리는 서류 한 장을 소지하고 있었다. 그 증명서에는 이 남자가 땅값을 지불했기 때문에, 이 땅이 그 남자의 소유라고 쓰여 있었다. 작은할아버지들은 뭔가 착오가 있다고 항의했다. 작은할아버지들은 음준구 남자에게 신성한 무구모나무(키쿠유 부족 어른들은 마을 의견을 모을 때나 중요한 결정을 내릴 때는 항상 이 무구모나무 아래에서 모임을 가진다) 근처에 있는 조상들의 무덤들을 보여주었다. 이곳은 할아버지들의 땅이자, 신성한 장소였다. 우리 가족은 조상 대대로 키리냐가산 아래에 자리한 이곳에서 살아왔다. 하지만 음준구는 여전히 자신이 가진 종이가 이 땅이 자기 소유임을 증명한다고 주장했다. 이 남자는 집짓는 일과 땅을 개간하는 일 그리고 '농장'이라고 부르는 곳에서 일을 도와준다면, 우리 가족들이 계속 이 땅에 머무는 것을 허락하겠다고 말했다. 우리 가족들은 기가 막혔다.

작은할아버지 두 분이 할아버지를 찾기 위해 나이로비로 떠났다. 하지만 할아버지의 부대는 이미 나이로비를 떠났다는 사실만 알 수 있었다. 나중에 다른 와준구 부족 사이에서 큰 전쟁이 일어났다는 소식이 들렸다. 영국 와준구와 독일 와준구가 서로 싸움을 벌인 것이다. 좀 더 시간이 흐른 뒤 할아버지로부터 부상당한 영국 군인을 이송하는 일을 돕고 있다는 소식이 왔다. 음준구 장교가 이 전쟁은 오래 걸리지 않을 것이며, 할아버지가 돈을 많이 벌어 돌아올 것이라고 했다. 그래서 우리 가족들은 어쩔 수 없이 삶을 이어가기 위해서 새 음준구의 일을 해줄 수밖에 없었다. 바로 이것이 바바가 그레이슨 가족의 소들을 돌보기 시작한 내력이었다. 당시 바바의 키는 할머니의 엉덩이에도 미치지 못했다.

금방 끝날 것이라던 그 전쟁은 길었다. 4년 뒤에 돌아온 할아버지의 행복은 짧았다. 가족들이 와준구들에게 속아 땅을 빼앗겼다는 사실을 알게 된 할아버지는 분노했다. 즉시 짐마차를 빌려와 가족들을 데리고 고향을 떠났다. 하지만 와준구들이 원주민 보호 구역이라고 부르는 곳을 제외하면 마땅히 갈 만한 곳이 없었다. 보호 구역의 땅은 다른 곳보다 더 메말랐다. 그리고 다른 와준구들이 쫓아낸 사람들로 대만원이었다.

하지만 이게 이야기의 다가 아니다. 할아버지는 아들 중 한 명이 음준구의 목동으로 남아야 한다고 결정했다. 창조주 은가이는 키리냐가 산 높은 곳에서 최초로 인간을 만들었다. 은가이는 그들과 그들의 자손에게 산 아래 자리한 아름다운 땅을 돌보라고 명령했다. 그리고 은가이는 그 땅이 적법한 주인에게 되돌아가게 될 거라고 예언했다. 하지만 그 동안 어린 아들 중 누군가는 조상의 무덤을 돌보고 땅을 오롯이 지켜봐야 했다. 할아버지가 선택한 사람이 바로 바바였다. 바바의 이름 카마우는 '조용한 전사'를 의미했다. 음준구에게는 바바와 동갑인 잭이라는 아들이 있었다. 이 음준구 소년이 학교에 안 갈 때는 바바와 함께 수풀에서 놀았다.

나는 한 번이라도 뜨거웠을까?

이것은 아주 오래전 이야기다. 늙은 음준구가 죽자 바바와 놀기를 좋아했던 소년이 큰 브와나 그레이슨이 되었다. 브와나는 바바에게 마구간을 맡겼으며, 바바를 '마구간 대장'이라고 불렀다. 그리고 하얀 종마를 돌보라고 지시했다. 그레이슨 브와나는 바바가 동물에 대해 남다른 자질이 있다는 것을 알고 있었다. 그래서 동물이 병들면 무조건 바바에게 살펴보라고 했다. 키쿠유족 일꾼들을 관리하는 일은 스와힐리족 출신의 감독관이 맡았지만, 브와나 그레이슨이 가장 신뢰하는 사람은 바바라는 것을 다들 알고 있었다.

식사를 끝낸 바바가 접시를 내밀었다. 나는 접시를 들고 바삐 집 안으로 사라질 수 있기를 기대했다.

"무고!" 하지만 바바의 목소리가 내 다리를 잡았다. 엄마가 말없이 내게서 접시를 가져갔다.

"예, 바바!"

바바에게 가면서 들리지 않게 한숨을 내쉬었다.

"울타리가 망가졌다는 것을 왜 나에게 먼저 알리지 않았어?"

"알리고 싶었어요, 바바. 하지만 쉽지 않았어요."

"왜? 지금 놀리는 혀가 그때는 없었더냐?"

"아니요, 바바."

"그럼, 이유가 뭐냐?"

망설였다. 어디서부터 이야기를 해야 할까?

"맞아야 말을 하겠느냐?"

"작은 브와나와 함께 있어 말하기가 어려웠어요, 바바."

"음준구 소년을 걸고 넘어가지 마. 그 아이는 아기에 불과해. 넌 곧 청년이 돼! 아직도 아기 탓을 한다면, 너는 진정한 사나이가 아니야."

수치심이 온몸을 감쌌다. 있었던 모든 일을 그대로 말하더라도, 바바는 여전히 자신을 못마땅하게 여길 것이다.

"무고, 바바에게 사실을 말하렴." 마미가 다정하게 거들었다.

"설사 네가 잘못을 한들, 사실을 있는 그대로 말하는 게 좋지 않겠니?"

숨을 깊이 들이마셨다.

"음준구 소년이 울타리 아래로 기어서 수풀 지대로 나가버렸어요. 말릴 수가 없었어요. 새 총을 사용하고 싶어 안달이 났더라구요, 바바."

"오, 이런!"

마미의 낮은 탄성을 듣자 말할 용기가 났다. 적어도 마미는 나를 이해해 줄 것 같았다.

말을 멈추자 어색한 침묵이 우리들 사이에 내려앉았다. 불길은 사위어 들었지만 벌레들의 미친 듯한 울음소리는 오히려 더 커졌다. 피가 세차게 솟구치는 것을 느꼈다. 낮에 있던 일을 말로 해 보니 당시보다 더 돌아버릴 것 같았다. 먼저 말을 꺼낸 사람은 마미였다.

"무고, 바바, 당신과 브와나가 소년이었을 때 있었던 일 기억나세요? 브와나가 당신 도움 없이 거대한 물소 뿔을 얻고 싶어 했잖아요?"

마미는 말을 멈추었지만, 바바는 답이 없었다.

"그 물소가 당신과 브와나를 죽일 뻔 했었죠. 무고의 이야기를 듣자니, 그때 일이 새삼 떠오르네요."

입술을 깨물었다. 마미가 나를 두둔하려고 하는 소리 같았다. 이미 바바로부터 그 이야기를 들었고, 다른 사람들은 어떻게 그런 바보 같은 애가 다 있느냐 하며 우스워했다. 하지만 지금 바바는 전혀 즐거워하지 않았다.

"그건 고릿적 일이오."

바바가 퉁명스럽게 내뱉었다.

"말해 봐라, 무고. 넌 다시 브와나의 소들을 끌고 다니고 싶은 게냐? 다시 허허 들판으로 나가고 싶으냐?"

"아니요, 바바."

고개를 설레설레 저었다. 하지만 바바는 잔혹했다.

"브와나의 집에서 영어를 배우고 싶지 않은 게냐? 학교엔 다니기 싫은 게냐?"

"아니요, 바바."

눈물이 났다. 당연히 그런 모든 것을 원했다. 다시 들판에서 일하게 된다면, 돈을 적게 받게 될 것이다. 바바는 지타우 형이 은예리 학교를 마치면 내 학비를 지원해 달라고 브와나에게 부탁할 것이다. 바바의 월급으로는 우리 둘 중 한 사람만 정식 졸업장을 주는 학교에 보낼 수 있었다.

"그럼, 다시는 브와나를 화나게 하지 마. 넌 망가진 울타리가 왜 큰 문제가 되는지 알고 있어야 한다."

고개를 주억거렸다. 브와나가 새 울타리를 전보다 훨씬 더 높고 더 튼실하게 만든 이유는 다들 알고 있었다. 베란다 바닥을 닦고 있을 때, 경찰이 브와나에게 경고하는 소리를 우연히 엿들었다.

"마우마우들이 나이로비에서 오는 중이오. 그들은 일꾼들을 선동하여 당신을 배신하도록 할 것이오. 그 빌어먹을 맹세를 사람들에게 시킬 것이오."

"무고, 만약 브와나가 네가 울타리를 망가뜨린 사람들을 돕고 싶어 한다고 오해하면, 우리 가족에게 무슨 일이 일어날지 짐작이나 했느냐?"

바바의 질문은 벼락을 맞은 것처럼 후끈했다. 그런 생각은 꿈에도 해 보지 못했다. 하지만 브와나가 내가 마우마우와 한편이라고 충분히 오인할 수도 있는 상황이었다.

"하지만, 바바!"

바바는 손을 들어 올려 내 입을 막았다. 마우마우나 맹세에 대해 아는 바가 없다는 결백을 내보이고 싶었다. 마우마우가 비밀 조직이라는 것과, 와준구들이 그 조직을 불법으로 간주한다는 사실만을 알 뿐이었다. 바바는 피곤해 보였고, 그만 가도 된다고 손짓했다. 바로 그 순간 내 얼굴에 빗방울이 떨어졌다. 다른 때 같으면 살갗과 발밑의 땅을 적셔 주는 첫 번째 빗방울의 청량감을 즐겼을 것이다. 하지만 오늘밤엔 잠자리 인사도 잊은 채, 서둘러 이불 속으로 달아나 버렸다.

나는 한 번이라도 뜨거웠을까?

폭풍
– 매슈 이야기

바삭바삭하게 마른 목화 침대 시트 속에서 웅크린 채, 나는 양철 지붕을 두드리는 빗소리를 음미하고 있었다. 행운의 비다. 아빠가 날이 밝아 울타리 주변을 둘러보더라도, 이제 괜찮다. 흔적은 비에 씻겨 갔을 것이다. 아빠가 우리의 모험에 대해 굳이 상세히 알 필요는 없었다. 양철 지붕을 두드리는 빗소리를 듣고 있노라니 잠이 스멀스멀 밀려왔다. 비바람으로부터 안전하게 보호받고 있다는 안도감도 좋았다. 하지만 스미더스 대령에게 온 전화가 생각난 뒤로 더는 안전하게 느껴지지 않았다.

클럽에서 어른들이 마우마우에 대해 얘기하는 것을 자주 들었다. 하지만 사건이 어디에서 일어났느냐고 물으면 돌아오는 대답은 항상 '다행히도 여기는 아니야!'였다. 사건은 항상 다른 곳에서 발생했다. 어쩌다가 한 번씩 방문하는 나이로비나 아니면 나이바샤, 또는 아버데어 산맥 반대편에 위치한 리프트 계곡의 어떤 지역이었다.

하지만 오늘밤은 아니었다. 침대에 누운 채 생각해보니, 마우마우들이 농장 주변을 배회했더라면 정말 어쨌을까 싶었다. 정말 바보짓도 그런 바보짓이 없겠다 싶었다. 울타리의 가시철조망을 절단한 사람이 마우마우라면, 그리고 그들과 맞닥뜨렸다면 무슨 일이 벌어졌을까? 상아가 하나밖에 없던 코끼리와 마주쳤던 일보다 더 끔찍한 일이 벌어졌을 것이다. 그리고 무고는 내 생명을 보호해 줄 수 없었을 것이다.

이제 비는 세차게 뿌리고 있었다. 지붕이 들썩거렸다. 멀리서 천둥이 우르릉거렸다. 지금보다 더 어렸을 때 뇌우를 피하느라 자주 마구간에 들렀다. 그곳에서 정원과 숲 속을 적시며 번쩍번쩍 하늘이 열리는 모습을 카마우와 함께 보았다. 그때 카마우가 들려준 이야기가 생각났다. 창조주 은가이는 화가 나면 키리냐가산 꼭대기에서 아래쪽으로 천둥을 굴린다는 것이다. 카마우는 강을 건너는 토끼를 구해 준 코끼리에 관한 이야기도 들려줬었다. 토끼는 코끼리에게 코끼리 등을 타는 대가로 꿀단지를 맡아 주겠다고 했다. 하지만 강 반대편에 도착해보니 꿀단지는 이미 비어 있었다. 토끼는 낄낄댔지만, 코끼리는 토끼의 속임수에 분노가 코끝까지 치솟아 복수를 다짐했다. 나중에야 나는 카마우가 어린 나를 위해 결말을 아주 특별하게 새로 지었다는 사실을 깨달았다.

"브와나 키도고[14], 언젠가 은가이께서 코끼리를 도울 겁니다.

나는 한 번이라도 뜨거웠을까?

그리고 토끼는 땅을 치고 후회하게 될 겁니다. 은가이께서 모든 것을 보고 있다는 사실을 알고 있어야 합니다."

달팽이처럼 머리가 돌돌 감기는 느낌이다. 상아가 하나밖에 없던 코끼리의 분노 앞에 속수무책으로 노출되었을 때의 느낌이 떠올랐기 때문이었다. 밤하늘을 가르며 번개가 번쩍이자, 나도 모르게 머리 위로 베개를 끌어당겼다.

---

14) '도련님'을 의미하는 스와힐리어.

낯선 사람들
- 무고 이야기

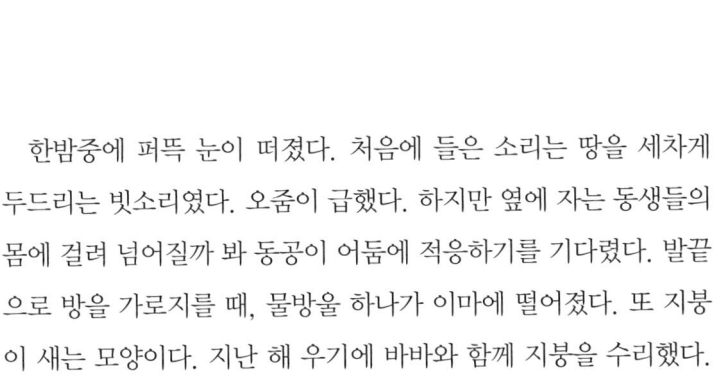

한밤중에 퍼뜩 눈이 떠졌다. 처음에 들은 소리는 땅을 세차게 두드리는 빗소리였다. 오줌이 급했다. 하지만 옆에 자는 동생들의 몸에 걸려 넘어질까 봐 동공이 어둠에 적응하기를 기다렸다. 발끝으로 방을 가로지를 때, 물방울 하나가 이마에 떨어졌다. 또 지붕이 새는 모양이다. 지난 해 우기에 바바와 함께 지붕을 수리했다. 바바가 코를 고는 침대를 빙 둘러 지나갔다. 평소 바바는 깊게 잠들지 못했다. 그래서 빗장을 여는 소리가 빗소리에 파묻히기를 바랐다. 몸뚱이가 빠져나올 만큼만 살짝 나무문을 열고 나와 살며시 닫았다.

초가지붕 끝에서 빗물이 쏟아지고 있었다. 빗물은 농장 울타리 안에서 개울을 이루며 가로질렀다. 화장실까지 뛰어가기에는 비가 너무 세찼다. 대신 벽에 바투 붙어 서서 집 뒤편 저쪽으로 갔다. 공기와 물기를 머금은 축축한 땅의 신선함을 즐기면서 느긋하게 볼일을 보았다. 비가 내린 것은 정말 축복이었다. 운만 좋다면 브와나도, 바바도 울타리 사건에 대해 잊을 것이다.

왔던 길을 되짚어가던 중 삼바 대농장 울타리 안에 나 혼자만 있는 게 아니라는 느낌을 받았다. 벽에 등을 바짝 붙이자, 심장이 쿵쾅거렸다. 그림자 셋이 폭우를 헤치고 부모님의 방으로 걸어가고 있었다. 그들은 서로 긴 막대기로 톡톡 칠 수 있을 만큼 붙어 있었다. 맨 앞 사람은 허리가 굽었는데, 손에 무언가가 있었다. 총일까? 빗장이 풀려 있어 그들이 집 안으로 들어가는 데는 아무 문제가 없을 것이다. 그들 눈에 띄지 않고 잽싸게 안으로 들어가 빗장을 채우는 데 성공할 가능성은 거의 없었다.

본능은 내게 몸을 숨기라고 지시했다. 삼바 대농장의 옥수숫대 사이에 숨으면 안 보일까? 하지만 무슨 일인지 지켜봐야 했다. 빗속을 뚫고 삼바 대농장으로 갈 수 있는 입구까지 달려갔다. 몸이 부들부들 떨려왔다. 집 앞쪽이다 싶은 곳까지 가시울타리를 따라 바삐 걸어갔다. 가시울타리 사이를 벌려 마당 안쪽을 들여다볼 틈을 만들었다. 폭우가 수그러들었기 때문에 경비인 듯한 사람이 밖에 서 있는 형체를 간신히 볼 수 있었다. 잠시 뒤 바바와 마미가 비틀거리며 걸어 나왔다. 어쩌면 두 분은 반쯤 잠에 취해 비몽사몽일 것이다. 두 분 다 큰 소리를 내거나 비명을 지르진 않았지만, 마미는 바바 옆에 바짝 붙어 옹송그리고 있었다. 동생들은 다 어디에 있는 걸까? 부모님이 조용히 침대에서 나와서 아무것도 모른 채

콜콜 자는 걸까?

문가에는 더 많은 그림자가 어른거렸고, 두런두런 말소리가 들렸다. 필사적으로 귀를 기울였다. 불청객 중 한 사람은 다른 사람보다 훨씬 더 키가 작았다. 그 사람의 카랑카랑한 목소리가 빗속을 뚫고 들려왔다.

"주방 토토는 어디 있나?"

"…… 여기에 없습니다…… 그 애는 가끔 저기…… 부엌에서 잘 때도 있습니다…… 음준구가 늦게까지 잡아 둬서요……."

바바의 나지막이 죽인 소리를 알아들을 수는 없었지만, 바바가 브와나의 집 쪽을 가리키는 것을 보고 짐작한 것이다.

"거짓말하다 발각되면 대가를 톡톡히 치르게 돼."

그 말은 화살촉처럼 날카롭게 내 심장에 날아와 박혔다.

입 안이 바짝 말랐다. 이 사람들이 어떻게 나에 대해 그리 잘 아는 것일까? 만약 정보원이 있었다면 바바의 거짓말은 금세 탄로 났을 것이다. 지금까지 부엌 옆의 헛간에서 잔 것은 딱 한 밤뿐이었기 때문이다.

"뭐 때문에 거짓말을 하겠소?"

바바가 차분하게 대답했다.

"게다가 우리는 순순히 따라가고 있지 않소?"

"대장, 제가 찾아볼까요?"

아까 경비를 섰던 사람이 말했다.

"안 돼, 우리는 지금 출발한다."

주방 토토에 대해 물었던 그 사람의 목소리는 아까와 마찬가지로 빠르면서도 카랑카랑했다. 총을 든 그 사람이 대장임이 분명했다. 하지만 그렇게 키가 작을 수가 있다니 조금은 놀랐다. 기껏해야 내 키만 해 보였다. 그 사람은 챙이 있는 모자를 푹 눌러 써서 얼굴이 보이지 않았다.

마미와 바바를 에워싼 채로, 그들은 우리 집 마당과 요시야네 마당 경계인, 일렬로 심은 바나나나무를 향해 걸어갔다. 미칠 것 같았다. 동생들에게 가야 하지 않을까? 그게 부모님이 바라는 일이라는 것쯤은 알 만했다. 하지만 낯선 사람들이 부모님을 어디로 끌고 가는지도 알아야 했다. 바로 뒤쫓지 않으면 폭우가 그들이 간 흔적을 휩쓸고 갈 것이다.

가시울타리가 빽빽하게 심어져 있어 그 틈을 비집고 나갈 수 없었다. 삼바 농장 입구까지 서둘러 되돌아가야 했다. 하지만 최대한 조심하면서 반대편으로 달려왔을 때엔, 비에 젖은 짙은 어둠이 그들을 완전히 삼켜 버린 뒤였다. 하지만 그들이 요시야네 집으로 갔을 거라고 쉽게 짐작할 수 있었다. 낮이었다면 바나나나무에서도 그 집의 입구가 보였을 것이다. 그래서 물방울이 떨어지는 나뭇잎 사이를 헤쳐 나와 요시야네 집으로 더 가까이 다가갔다.

요시야는 아내 마마 머시와 단 둘이 살고 있었다. 자식들은 다 장성해 부모보다는 더 많은 돈을 받는 나이로비와 은예리에서 사무원과 교사로 일했다. 바나나나무 경계선과 요시야네 집 중간 지점에는 망고나무 한 그루가 서 있었다. 요시야는 자기 망고가 멤사힙의 과수원에 열리는 어떤 망고보다 더 달다고 자부했다. 그리고 요리사로서 타고난 코가 어린 망고 도둑들의 냄새를 기똥차게 맡을 수 있다고도 우겼다. 사실 그 황금빛 과일이 익을 쯤 풍겨오는 달콤한 냄새는 뿌리치기엔 너무 큰 유혹이었다. 가끔씩 친구들의 부추김 때문에 망고 두어 개를 슬쩍하곤 했다. 그때처럼 들썩거리는 심장을 진정시키며 망고나무를 향해 걸어갔다. 오늘 이 순간 비는 내 편이었다. 비는 나의 모든 소리를 감춰 주고 있었다. 망고나무의 가지와 잎이 그물처럼 뒤얽힌 곳으로 숨어 들어가자 천개의 손가락이 목을 죄는 듯했다. 잠시 뒤 요시야의 집 안에서 드잡이하는 고함과 실랑이 소리가 들렸다. 총조차도 요시야와 머시를 바바와 마미처럼 조용하게 하지는 못했다.

"입을 틀어막아라!"

또 다시 대장 목소리가 들려왔다.

"서둘러라! 서둘러라! 이 인간들 때문에 늦겠다!"

뭐에 늦는다는 거지? 아무도 말하지 않았지만, 모두가 그 말을 이해하고 있었다. 쿵쾅거리는 내 심장도……알았다. 그들이 아까 나를 찾았던 이유를 알았듯이.

나는 한 번이라도 뜨거웠을까?

스파이
- 무고 이야기

 거리를 두고 뒤를 밟았다. 브와나 그레이슨의 집을 에워싼 울타리에서 멀찌감치 떨어져서 걸었지만, 두마가 짖는 소리가 바로 앞에서 들리는 것 같았다. 그들이 후추나무 산달밭으로 들어가자 그나마 마음이 놓였다. 후추나무 산달밭은 매일 낙농장 우유를 가져올 때마다 다녔던 길이었다. 그래서 어둠속에서도 길이 익숙했다. 게다가 그 산비탈은 내게 특별한 곳이었다. 할아버지가 와준구 전쟁에 참전하러 떠나기 전에 손수 묘목을 심은 곳이었다. 하지만 바바는 할아버지가 후추를 수확하는 기쁨을 한 번도 누려보지 못했다고 늘 안타까워하였다.
 후추나무 산달밭 반대편에 난 자드락길은 초원으로 이어져 있었다. 초원의 동쪽에는 브와나 그레이슨의 농장 일꾼들이 지내는 숙소가 늘어서 있다. 낙농장은 평원의 북서쪽 방향으로, 그보다 멀리 떨어져 있었다. 사람들이 자드락길을 다 내려갔겠구나 싶을 때까지 기다렸다. 곧바로 뒤따라가다가 젖은 풀에 미끄러져 뒤를 덮치게 될까 봐 두려웠다.

자드락길을 내려가려는데 번개가 번쩍이며 사위를 밝혀 주었다. 덕분에 공터의 움직임을 포착할 수 있었다. 사람들 한 무리가 숙소에서 낙농장으로 이동하고 있었다. 그들은 모두 그곳에 있었다. 예상했던 대로다. 브와나 그레이슨 농장에서 일하는 모든 사람들이 한 곳에 모인 것이다!

우레가 울려 퍼졌다. 탁 트인 자드락길에서 몇 발자국 물러섰다. 이제 집으로 돌아가야만 하는 게 아닐까? 번개와 천둥소리 때문에 동생들이 잠에서 깼을지도 모르고, 무서워 울고 있을 수도 있었다. 하지만 낙농장을 향해 무리지어 달려가는 사람들의 환영이 뇌에서 계속 번쩍번쩍했다. 다시 한 번 번개가 칠 때까지, 빗물에 젖은 몸을 떨며 고민하였다. 이제 공터에는 한 사람도 없었다. 좀처럼 결론을 내지 못해 발이 가는 대로 맡기기로 했다.

내리막길을 내려가서 반은 걷고 반은 뛰다시피 하며 풀밭을 지나쳤다. 그 길을 잘 알아 풀에 걸려 넘어지지 않았다. 부모님과 다른 사람들이 어디에 갔는지 아는 것만으로는 안심이 되지 않았다. 무슨 일이 있는지도 알아야 했다. 낯선 사람들에게 저항했던 사람은 오직 요시야와 머시뿐이었다. 바바조차 '순순히 따라가겠다고 했다.'고 하지 않았던가? 어쩌면 그들은 완전히 낯선 사람들이 아닐지도 모른다. 난 꼭 알고 싶었다.

낙농장 뒤로 다가가던 내게 처음 들린 소리는 보마 안에서 소들이 음매 우는 소리였다. 보마는 착유장 맞은편에 있었다. 우유 짜는 노인 와마이가 브와나의 지시를 어기고 소들을 보마 안에 내버려둔 것이다. 브와나가 스와힐리족 출신 감독관에게 와마이를 잘 감독하라는 소리를 들은 적이 있었다.

"소 한 마리도 번개에 맞아 죽는 꼴을 보고 싶지 않아! 번개가 한 번이라도 쳤다 하면 반드시 와마이가 소들을 착유장 안으로 들여보냈는지 안 보냈는지 직접 확인해야 해."

하지만 감독관 주마는 아픈 어머니를 뵈러 가서 농장에 없었다. 농장에는 와마이를 감독할 사람도, 브와나에게 보고할 사람도 없었다.

착유장은 외따로 지은 건물로, 높은 가시철조망 울타리로 둘러싸여 있었다. 정착민의 소 떼가 밤사이 쥐도 새도 모르게 도살되었다는 소문을 들은 브와나는 낡은 울타리를 철거하고 새 가시철조망을 세우도록 지시했다. 수풀 뒤에 숨어 착유장으로 접근할 방법을 궁리했다. 제일 먼저 경비들이 있는 곳을 확인해야 했다. 경비는 틀림없이 한 명 이상일 것이다. 풀밭을 기어서 착유장 앞쪽까지 갔다. 다행스럽게도 울타리 정문은 아무도 지키지 않았다. 대신 와마이의 오두막 옆에 남자들이 몰려 서 있었다. 비가 퍼부어 울타리 정문이 아니라 그곳에서 비를 긋는 것 같았다. 오두막 문틈으로 새어나온 불빛을 받아 긴 칼날이 번뜩였다. 몇 명의 남자가 팡가[15]를

---

15) 아프리카에서 풀이나 나뭇가지 등을 자르는 데 사용하는 무겁고 큰 칼.

쥐고 있었고, 다른 몇 명은 바나나 잎과 옥수숫대 등으로 아치 길을 만들고 있었다. 그들이 한밤중에 팡가를 차고 여기에 온 이유가 단지 아치 길을 만들기 위함이기를 바랄 뿐이었다. 분주한 틈을 타서 울타리 정문으로 몰래 들어갈까? 하지만 발각되면 틀림없이 쫓아 올 텐데!

다시 한 번 다리에 결정을 맡겼다. 정신을 차렸을 때는 어느새 울타리 정문을 향해 후닥닥 돌진한 다음, 착유장으로 달려가고 있었다. 모퉁이를 돌아서자 작은 덤불이 있어, 몸을 숨기고 숨을 골랐다. 경비가 착유장 뒤로 온다고 해도 덤불 때문에 쉽사리 발견하지는 못할 것이다. 나무 벽 틈으로 눈을 갖다 댔다. 남포등이 착유장을 희미하게 밝히고 있었다. 처음에는 등을 보이고 앉은 사람들의 어슴푸레한 형체만 보였다. 바바와 마미를 찾기 위해 사람들의 등을 하나씩 살펴봤지만 불가능했다.

벽을 따라 걸음을 옮기면서 나무 말뚝 틈새를 차례로 들여다보았다. 그러다 마침내 앞쪽 줄에 서 있는 바바와 마미를 발견했다. 바바의 얼굴은 평소와 다름없이 덤덤했다. 하지만 마미는 눈썹을 만지작거렸다. 그것은 마미가 머리가 아플 때 하는 습관이다. 그 줄 끝에 경비 한 명이 서 있었다. 경비는 미심쩍은 눈빛으로 요시야와 머시를 주시하며 곤봉을 빙빙 돌리고 서 있었다. 요시야는 아랑곳하지 않은 채 정면을 보고 있었다. 요시야는 화난 표정의 조각상 같았다. 요시야는 머시가 개미 같은 게 다리에 기어오르는 듯 부들부들 떠는데도 괘념치 않았다. 대신 마미가 머시의 팔 위에 손을 올려놓았다. 머시가 마미의 손을 두 손으로 쥔 뒤 자기 가

나는 한 번이라도 뜨거웠을까?

숨께로 가져가 나는 움찔했다. 집안일을 하던 머시는 항상 멤사힙의 정원을 가꾸는 마미나 다른 여자들과는 어울리지 않고 아래로 보았다.

다른 사람들의 얼굴을 살펴보았다. 회합이 시작되기를 기다리는 사람들 대부분이 불안과 긴장을 감추지 못했다. 번개 때문에 잠에서 깬 브와나가 지금 일어나고 있는 일을 눈치챈다면 어떻게 될까? 경찰이 경찰견과 함께 트럭을 타고 오면 어떻게 될까? 하지만 전혀 두려워하지 않는 사람도 있었다. 어떤 젊은이는 오히려 흥분한듯 보였다. 그들의 일부는 나보다는 나이가 많았고, 또 동갑내기도 있었다. 그 모습을 보자 번뇌에 더 휩싸였다. 안으로 들어가서 합류해야 하는 게 마땅하지 않은가? 무슨 일이든 함께해야 하지 않나? 나는 겁쟁이가 아니야, 하고 결심했다. 하지만 그 순간 바바의 거짓말이 떠올랐다. 마우마우 대장은 내가 브와나의 부엌에서 자지 않았다는 사실을 알게 될 것이다. 대장의 경고ー'거짓말하다 발각되면 대가를 톡톡히 치르게 돼.'ー가 떠올랐다. 등짝으로 비는 들이쳤지만 다시 문구멍에 눈을 들이밀었다. 망꾼처럼 밖에 남아 있을 수밖에 없었다.

노랫소리와 함께 모임이 시작되었다. 사람들의 목소리가 빗소리에 섞여 들려오자, 머나먼 어떤 행성에 홀로 똑 떨어진 느낌이 짙어졌다.

"슬픔과 곤경이 닥쳤다네.
크나큰 슬픔과 곤경이.

우리가 와준구를 받아들였을 때,
그들은 우리 땅을 훔쳐갔다네."

바바와 마미가 고개를 숙이고 있어 노래를 부르는지 알 수 없었다. 하지만 요시야와 머시는 눈과 입을 꽉 닫고 있었다. 그들은 기독교 신에게 도와달라고 기도할 것이다.

대장이 앞줄에 모습을 드러냈다. 그제야 챙 모자 아래의 짧은 드레드록16)과 착유장 안을 훑어 내리는 번쩍이는 두 눈을 볼 수 있었다. 대장 옆에 선 남자가 메모를 들여다보며 호명하기 시작했다. 호명된 사람은 앞으로 나갔고, 사람들에게 둘러싸여 밖으로 나갔다. 가슴이 조여 왔다. 조금 전에 와마이의 오두막에 만들어 놓은 아치 길로 가는 걸까? 그렇다! 그곳이 오늘의 중대사가 일어날 장소였다. 단원이 아닌 사람에게는 비밀이지만, 그게 지금 여기에 사람들이 모인 이유였다.

착유장을 나갔던 사람들이 한두 명씩 돌아왔다. 그들의 얼굴을 찬찬히 뜯어보았다. 뭔가 달라진 점을 찾아보려고 했지만 별다른 게 없었다. 그 순간 부모님의 이름이 들렸다. 손이 떨리고 가슴이 철렁 내려앉았다.

"지타우의 아버지 카마우! 카마우의 아내 은예리!"

---

16) 자메이카 흑인이 하는 여러 가닥의 로프 모양으로 땋아 내린 머리 모양. 라스타파리안(Rastafarian) 헤어스타일이라고도 한다.

바바와 마미가 앞으로 걸어 나갔다.

"요시야 음완기! 요시야의 아내 머시!"

이름이 불렸는데도 요시야와 머시는 꼼짝도 하지 않았다. 긴장이 다시 한 번 목을 죄었다. 오두막 안은 순식간에 적막으로 떨어졌다. 남자는 좀 더 사나운 목소리로 한 번 더 이름을 불렀고, 목소리에는 날이 섰다. 하지만 이번에도 두 사람은 미동조차 하지 않았다. 잠시 뒤 어깨에 곤봉을 맞은 요시야가 앞으로 고꾸라졌다.

"일어서! 쓸데없이 시간을 낭비하지 마!"

남편을 부축하면서 머시는 겁먹은 작은 새처럼 날카로운 비명을 내질렀다. 경비는 다시 한 번 요시야에게 곤봉을 휘둘렀다.

"우리는…… 맹세를…… 할 수…… 없습니다."

요시야가 더듬거렸다.

"우리는 기독……."

곤봉이 날아들었고, 요시야는 무릎을 꿇고 말았다. 경비가 다시 곤봉을 들어 올리자 내가 맞는 듯해서 숨이 턱 막혔다. 그때 바바가 곤봉을 움켜잡았고, 곤봉은 허공에서 부들부들 떨었다.

"이들은 노인이오!"

바바가 대장에게 호소했다.

"어르신을 폭행하는 일은 옳지 않소!"

대장의 모자는 바바의 가슴께 정도밖에 닿지 않았다. 대장은 모자를 뒤로 눌러 쓴 다음 바바를 흘겨보았다. 대장은 바바보다 훨씬 젊었지만, 바바의 이러한 힐난을 탐탁지 않게 여겼다.

"와준구들이 우리 땅을 훔쳐 갈 때, 그들이 노인이라고 땅을 빼앗지 않았던가?"

대장의 목소리가 착유장 안을 쩌렁쩌렁 울렸다.

"네가 '브와나'라고 부르는 음준구는 우리가 한 목소리로 다 같이 외치지 않으면 절대 이 땅을 떠나지 않아. 나이가 적든 많든 그런 건 중요하지 않아. 이싸카 나 위야씨17)…… 우리의 땅과 자유를 위해 맹세하는 것이 바로 우리들의 의무다. 만약 맹세하기를 거부하는 사람이 있다면 와준구를 돕겠다는 소리고, 그것은 곧! 우리의 적이라는 것을 의미한다."

대장은 바바의 대답을 기다리지도 않고 문가에 모여 있던 경비들에게 손짓했다. 경비들은 요시야에게 달려들어 자루를 집어 들 듯 들쳐 멨다. 젊은 사람들에게 둘러싸여 바바가 더는 보이지 않았다. 하지만 머시의 날카로운 비명이 허공에 구멍을 냈다. 머시가 그들의 손에 끌려가고 한참이 지난 뒤에도, 그 소리는 내 귀에서 맴돌았다.

바바와 마미가 착유장으로 돌아왔을 때, 와마이의 오두막에서 무슨 일이 벌어졌는지 두 분의 표정으로는 알 수 없었다. 그 일에 대해서 앞으로도 물어볼 수 없다는 걸 금세 알 수 있었다. 요시야는 다리를 절뚝거리며 돌아왔는데, 얼굴은 돌처럼 굳어 있었다. 머시는 요시야의 손을 잡고 있었지만, 얼굴은 일그러지고 구겨져 있었다. 하지만 나갔다 돌아오는 사람이 많아질수록 착유장 안은 점

---

17) '땅과 자유'를 의미하는 키쿠유어.

점 더 활기를 띠었다. 몇몇 사람은 보다 당당한 모습으로 돌아왔다. 그들의 눈에서는 빛이 나고 있었다.

빗줄기가 가늘어지고 찬바람이 불기 시작했다. 모임이 파하기 전에 먼저 집으로 돌아가 있어야 했다. 와마이의 오두막에 있던 사람들이 우르르 자리를 털고 일어났을 때, 때가 되었다 싶었다. 하지만 그때 대장이 '맹세 집행자'를 사람들에게 소개했다. 그 사람은 수행원과 함께 나이로비를 들렀다가 왔다고 했다. 유럽풍 셔츠와 바지 위에 모포를 뒤집어쓰고 있었다. 그 사람의 열정적인 언변에 내 귀는 사로잡히고 말았다.

"음준구는 우리의 공동의 적입니다!"

그 사람이 거침없이 선언했다.

"그들은 우리 땅을 강탈했습니다. 우리는 당연히 그 땅을 돌려받아야만 합니다. 이것이 우리가 한 마음, 한 뜻으로 행동해야 하는 이유입니다. 또한 이것이 모든 키쿠유족 사람들이 '대동단결 맹세'를 해야 하는 이유입니다."

지금까지 이런 식으로 얘기하는 사람을 한 번도 본 적이 없었다. 와준구들을 공개적으로 비난하면서 그런 감동적인 말을 하는 모습을 처음으로 보았다. 이 사람이 브와나 그레이슨에게 "예, 브와나."나 "아니요, 브와나."라고 말하는 모습을 상상조차 할 수 없었다. 집행자는 여기서 말을 끝맺지 않았다.

"여러분은 이제 정부가 금지하는 '마우마우' 조직의 일원이 되었습니다. 누구도 이 비밀을 비조직원에게 발설해서는 안 됩니다! 만약 발설할 경우, 정부는 여러분을 감옥에 처넣을 것이고, 우리 또한 맹세를 어긴 배신자들을 처단할 것입니다. 모든 곳에 우리 마우마우가 있습니다."

몸서리가 쳐졌다. 스파이는 어떤 처벌을 받을까? 어서 도망쳐야 했다. 하지만 그때 집행자의 수행원이 단원들끼리 서로를 알아보는 특별한 악수법과 전통 키쿠유족 인사법 몇 개를 사람들에게 가르쳐주었다. 만약 단원이 자신이 모르는 다른 단원에게 임무를 전달할 경우, 이 방법들이 암호로 사용된다고 말했다. 그때 난 완전히 넋이 나가는 느낌이었다.

집행자가 시계를 확인하는 모습을 보자 비로소 내 머리에 불이 다시 켜졌다. 구멍에서 눈을 떼고, 벽에 몸을 붙인 채 왔던 길을 서둘러 기어가기 시작했다. 모퉁이를 돈 순간, 울타리 정문에 서 있는 사람을 발견하고는 내심 큰일이다 싶었다. 와마이였다! 이곳에서 어떻게 나갈 것인가? 울타리 아래로 기어나갈 수 있을까? 가시철망이 땅 밑에까지 바투 쳐져 있었다. 그 순간 매슈가 망가진 울타리 아래로 기어나갔던 일이 떠올랐다. 어제 음준구 소년의 멍청함에 화가 났었다. 하지만 지금 나는 그보다 훨씬 더 어리석은 짓을 저질렀다. '오직 바보 멍청이만이 무엇이 타는지 보려고 불 속으로 머리를 들이밀지.'라고 말하는 바바의 목소리가 귓가에 울려 퍼졌다.

사람들이 착유장 밖으로 나올 때, 그 무리에 슬쩍 끼어들까 싶었다. 하지만 누군가 나를 알아보고, 대장에게 끌고 갈 게 확실했다. 사람들이 다 돌아갈 때까지 아까 숨어있던 착유장 뒤로 돌아가 기다리는 게 낫다고 판단한 순간, 정문에 서 있던 와마이가 나를 봤다. 난 그 자리에 얼어붙고 말았다.

"누구야? 거기서 뭐하는 거야?"

와마이가 연거푸 가까이 오라고 손짓을 하며 소리쳤다.

떨리는 마음을 진정하느라 깊이 숨을 들이마시며 걸어갔다. 와마이에게 손을 내밀어 방금 구멍을 통해 보았던 방식으로 악수를 나눴다. 와마이도 같은 방식으로 악수를 해주었다.

"너였구나, 무고! 모두 안에 있는데, 왜 밖에 나와 있느냐?"

와마이가 의구심을 완전히 풀지 않은 눈으로 바라보았다.

"제가 임무를 맡았거든요, 음지 와마이."

목소리를 낮추어 신뢰를 얻을 수 있도록 했다.

"다른 사람들은 좀 더 있다 나올 거예요."

"아, 그렇구나. 그러면 어서 서두르도록 해라."

와마이가 말했다.

"안녕히 계세요, 음지"

인사를 한 뒤, 바람도 쫓아오지 못할 기세로 달렸다. 와마이를 속여 내가 새 '단원'이라고 믿게 만들었다. 하지만 그것은 빠져나오기 위한 속임수였다. 후추나무 산달밭 아래에 다다를 때까지 멈추지 않고 달렸다. 그곳에서 키리냐가산을 올려다보았다. 구름은 개어 있었고 별 몇 개가 반짝이고 있었다. 할아버지 무덤이 있는 진흙탕 자드락길을 기어오르자, 수탉들의 첫 울음소리가 들렸다.

13개월 뒤 – 1952년 12월 어느 날

마우마우 놀이

– 매슈 이야기

"내가 대빵이니까, 내가 장군을 맡고, 매슈, 네가 부관을 해."

클럽 잔디밭에 있는 아이들을 둘러보며 랜스 스미더스가 거들먹거렸다. 바지 주머니에 손을 넣은 채, 알아서 하라며 그냥 어깨를 으쓱했다. 랜스는 나보다 고작 몇 달 일찍 태어났다는 이유로 항상 대장 역을 하고 싶어 했다.

랜스네 가족은 스미더스 소령 할아버지가 살아있을 때 드문드문 클럽을 방문했다. 하지만 최근에 소령이 심장마비로 죽자, 랜스의 아빠 프랭크는 홀로 남은 노모에 대해 걱정이 많았다. 마우마우가 외떨어진 농장을 공격하는 일이 빈번했기 때문이었다. 하지만 엄마 말에 의하면, 소령의 부인은 시내로 거처를 옮기는 일을 일언지하에 거절했다. 하인들이 자신에게 충실할 뿐만 아니라, 아직도 자신은 22구경 권총을 다루는 데 전혀 어려움이 없다고 억지를 부렸다. 결국 프랭크 스미더스가 나이로비에서 하던 일을 접고, 산악지대 농장을 관리하기 위해 가족을 데리고 이사 왔다. 랜스네 가족은 총독이 비상사태를 선포했던 10월의 마지막 날에 도착했다. 소문에 의하면, 그 노부인은 상당히 흡족한 표정을 지었다고 한다. 랜스의 아빠가 '케냐 경찰예비대(KPR)'[18]에 자원입대하자, 노부인은 '우리 경위 아들, 우리 경위 아들……'이라는 말을 입에 달고 살았다.

엄마 아빠도 한시름 놓았지만 나 또한 기뻤다. 기숙 학교에 입학한 랜스가 아이들에게, 내가 동네 사람이자 친구라고 밝혔을 때는 우쭐해지기도 했다. 게다가 사감 선생님은 랜스를 잘 돌봐달라는 부탁까지 하셨다. 하지만 랜스가 학교 돌아가는 사정을 파악하고, 아이들을 제멋대로 주무르게 되는 데는 그다지 오랜 시간이 필요하지 않았다. 랜스는 언제나 나를 잊지 않고 배려해 주었다. 그것이 바로 '부관' 자리였다.

"이제부터 우리는 마우마우 녀석들을 추적할 거야."

랜스가 잔디밭 위에서 아이들을 훑어보며 지시했다. 아이들은 모두 어렸다. 몇몇은 얼굴을 찌푸렸고, 몇몇은 겁먹었다.

"난 그런 일을 하고 싶지 않아!"

---

[18] 1948년에 정규 케냐 경찰을 도와 질서를 유지하기 위해 창설되었다. 케냐의 시골 지역에만 있었다. 국방시민군(kenya home guard)이라고 불리기도 했는데, 같은 조직은 아니다. 이 두 조직은 마우마우를 진압하는 데에 앞장섰다.

한 아이가 우는 소리로 말했다.
"이건 단지 게임일 뿐이야! 매슈와 내가 수색대를 맡는다!"
랜스가 힘차게 고개를 끄덕였다. 그러고는 자기보다 한 학년 아래 땅딸막한 소년에게 손짓을 했다.
"존이 3번 테니스 코트를 지키는 우리의 경비병이야."
랜스가 수영장 철책 너머 어린이전용 테니스 코트를 가리키며 말했다. 그 말을 들은 존은 양 볼을 부풀리며 피식 웃었다.
"나머지 사람들은 모두 마우마우야. 너희들은 정원 안에 숨어. 하지만 클럽하우스 안으로 들어가서는 안 돼. 우리가 백까지 셀 거야. 잡히면 무조건 존이 지키는 테니스 코트에 들어가야 돼. 우리는 20분 안에 너희 모두를 잡을 거야. 자, 이제 시작!"
환호성을 지르면서 아이들이 흩어졌다. 그 모습을 지켜보던 나는 나도 모르게 감탄했다.
'놀라워! 모두들 어쩌면 이렇게 말을 잘 들을까! 랜스는 그냥 자기가 원하는 것을 말했을 뿐인데, 다들 고분고분 시키는 대로 다 하다니!'
"네 차례다! 부관! 어서 백을 세!"
라운지로 통하는 창문 옆의 벽으로 눈길이 갔다. 바의 카운터나 커피테이블의 안락의자에 앉은 어른들을 유심히 살펴보았다. 엄마는 경찰예비대의 카키색 제복을 입은 모습을 보면 2차 세계대전 당시가 떠오른다고 했다. 부모님은 프렌치 창에서 멀지 않은 곳에 랜스의 부모님과 함께 앉아 있었다. 두 아빠의 권총이 커피테이블 위의 권총집에서 비어져 나와 있었다.

"하나, 둘, 셋……."

큰 소리로 숫자를 셌지만, 금방 목소리가 낮아졌다. 아빠가 랜스의 아빠와 언쟁을 벌이고 있었다. 랜스 아빠의 목소리가 까칠했다.

"농장에 관해 나보다 속속들이 잘 알고 있는 것은 인정하네, 잭. 하지만……."

"나는 내 일꾼들에 대해서도 샅샅이 파악하고 있다네!"

아빠가 언짢은 듯 말을 가로막았다.

"나는 그들의 언어를 구사할 줄 알지! 몇몇은 함께 성장하기도 했고!"

"그들을 안다고 해서 그들을 믿는다면, 분명 판단 착오야. 마우마우 녀석들은 자네와 나 같은 부류의 사람이 아니라네, 잭! 그놈들이 은예리에서 같은 부족에게 저지른 짓을 생각해 보게! 그놈들은 같은 부족의 노인들, 여자들, 아이들을 학살했다네! 그 선량한 기독교인들은…… 다른 날도 아닌 바로 크리스마스이브에 살육당한 거네!"

"나는 지금 살인을 저지른 마우마우들에 대해 얘기하는 게 아닐세. 나는 내가…… 데리고 있는…… 일꾼들에 대해 얘기하는 중이네!"

아빠의 목소리에서 화를 억누르는 느낌을 받았다.

"나는 내 일꾼들 한 명 한 명을 개인적으로 다 알고 있다네. 물론 그들의 가족도 알지. 심지어는 몇몇 일꾼들의 자식 교육비도 내주고 있네, 이런 제기랄!"

"그런 일이 중요한 게 아니야."

"내 마부 카마우를 예로 들어보겠네. 나는 카마우와 거의 평생을 함께 지냈어. 그는 이제까지 단 한 번도 내 신뢰를 저버린 적이 없어. 카마우의 작은아들은 내 주방에서 일하고, 그 사람 여편네는 내 정원에서 일하고 있지. 게다가 큰아들이 학교를 졸업할 수 있도록 돕고 있네. 당연히 카마우는 어느 편에 서야 밥줄이 안 끊길지를 알고 있지 않겠나."

"잭, 내가 분명히 말하지만, 그들은 자네와 같은 생각이 아닐 걸세."

"만약 마우마우 중 단 한 놈이라도 농장으로 잠입했더라면, 틀림없이 카마우가 나에게 알려줬을 것이네."

"흐음!"

랜스 아빠가 코웃음을 쳤다.

"난 전시에 정보 장교로 복무하는 동안 사람들을 덜 신뢰하는 법을 배웠다네. 덜 믿는 것이 더 안전한 법이지."

커피테이블 주변으로 팽팽한 침묵이 감돌았다.

"쉰여섯, 쉰일곱, 쉰여덟……."

계속 숫자를 세었지만, 입모양으로만 세고 있다는 사실을 문득 깨달았다. 옆에 서 있는 랜스를 힐끗 쳐다보았다. 랜스 또한 엿듣고 있었다.

"예순여덟, 예순아홉, 일흔……."

아주 작은 소리로 숫자를 계속 셌다. 커피를 더 마실 사람은 없느냐는 엄마의 목소리가 들려왔다. 역시 엄마다웠다. 엄마는 목소리를 밝게 유지하며 불화를 가라앉히려 애쓰고 있었다.

"랜스가 학교엔 잘 적응하고 있나요?"

엄마가 화제를 바꾸었다.

"다행히도 아주 잘 적응하고 있답니다."

엄마의 의도를 알아챈 랜스의 엄마가 재빨리 응답했다.

"우리 부부는 매슈에게 정말 고마워하고 있어요. 매슈가 너무나……."

바로 그때 옆에 있던 랜스가 갑자기 큰 소리로 숫자를 세어 그 다음 말을 들을 수 없었다.

"아흔하나, 아흔둘, 아흔셋……."

합쳐진 우리 둘의 목소리가 속생각들을 지워버렸다.

"백!"

랜스가 잔디밭으로 소리쳤다.

뒤돌아섰다. 테니스 코트 옆에서 팔짱을 낀 존을 제외하곤 한 사람도 눈에 띄지 않았다.

"나는 크리켓 구장의 부속 건물을 찾아볼 테니까, 너는 손님용 숙소를 찾아봐. 만약 포로가 조금이라도 저항할 경우, 나를 소리쳐 불러!"

랜스는 명령하고, 내 대답은 기다리지도 않은 채 황급히 달려갔다.

혼자 남은 나는 씁쓰레하게 웃었다. 랜스의 도움이 필요할 이유가 없었다. 미래의 포로들은 모두 아홉 살 미만이기 때문이다. 비상사태가 선포된 뒤로, 외진 농장들의 가족들은 반드시 꼭 필요한 경우를 제외하고는 시내에 가는 일을 자제했다. 차를 마시거나 점심 약속을 위해 클럽을 방문하는 사람은 운이 좋은 것이다. 밤늦게까지 머무르는 사람도, 밤을 새우는 사람도 없었다. 어두워지기 전에 귀가한 다음, 자신들의 철옹성 같은 울타리 안에서 밤을 보내는 것이 가장 안전했다.

손님용 숙소를 향해 잔디밭을 가로질러 달려갔다. 모퉁이를 돌아 첫 번째 숙소 건물에 도착하기도 전에 흐드러지게 핀 부겐빌레아꽃 아래에 숨은 한 무리의 아이들을 발견했다. 첫 번째 아이를 잡아당기자 나머지 아이들도 줄줄 따라 나왔다. 그들은 나를 따라 '수용소'로 순순히 걸어갔다.

"너희들은 마우마우가 될 소질이 턱없이 부족해!"

괜히 삐뚜름하게 지청구를 놓았다. 10분도 안 돼 나와 랜스는 대부분의 아이들을 찾았다. 저항하는 아이가 한 명도 없어 시시했고, 노는 것 같지도 않았다.

"너희 아빠는 언제쯤 경찰예비대에 입대하신대?"

마지막 포로를 테니스 코트로 데려가는 도중에 랜스가 물었다. 학교에서 랜스는 아이들에게 자기 아빠가 조만간 경감이 될 거라고 떠벌리고 다녔다.

"우리 대장은…… 상황이 더 악화되면…… 입대하실 거래."

랜스의 단도직입적인 질문에 당황스러웠다.

"너희 아빠는 뭘 기다리시는 거야? 우리 대장은 마우마우를 없애고 싶다면, 직접 우리 손으로 해야 한다고 하셨어. 편안히 앉아서 정부가 대신 그 일을 해주길 기다리고 있다가는 우리 모두 몰살될 거라고도 하셨어."

아무 말도 하지 않았다. 아빠를 옹호해 주고 싶었다. 아빠가 그냥 '편안히 앉아만 있는' 게 아니라고 말하고 싶었다. 아빠는 집에서 백 미터 떨어진 곳에다 두 번째 가시철조망을 설치했다. 그리고 키쿠유족과 아무 관계없는 북쪽 출신의 투르카나족 남자들에게 밤낮으로 경비를 서게 했다. 이제 아빠는 리볼버 없이는 아무데도 가지 않았다. 심지어 집 안에서도 권총을 차고 다녔다. 또한 엄마에게 총 쏘는 법을 가르쳤고, 그 뒤 엄마는 엄마만의 자동권총을 갖게 되었다. 하지만 랜스의 아빠 말이 옳다면 어떻게 될까? 정말 아빠가 지나치게 일꾼들을 믿는 거라면? 아빠는 일꾼들을 채찍으로 때리는 일부 농장주들과는 달랐다. 랜스 할아버지가 자기 감독관에게 하마 가죽으로 만든 키보코19)로 일꾼들을 매질하도록 지시했었다는 사실을 모르는 사람은 없었다. 하지만 아빠는 우리 농장에서는 그런 일이 일어나서는 안 된다고 했다.

"그런 매질이 일꾼들이 주인에게 등을 돌리도록 만드는 거란다."

아빠는 그게 바로 우리 일꾼들이 충실한 이유라고 생각했다. 하지만 그렇게 말할 수 있을까?

클럽에서 보내는 오후 내내 마음이 뒤숭숭했다. 랜스가 테니스코트에서 포로들을 풀어 주라고 명령한 뒤에, 다들 군것질을 하러 식당으로 몰려갔다. 식당에서 항상 공손할 뿐만 아니라, 가끔 웃으면서 농담도 주고받는 웨이터를 유심히 바라보았다. 그들은 친절한 웃음 뒤에 다른 감정을 숨기는 게 가능할까? 그들 중 몇몇은 뒤

---

19) '하마'를 의미하는 스와힐리어. 여기서는 하마 가죽으로 만든 매를 의미함.

에서 마우마우를 돕고 있고, 우리를 증오하는 게 아닐까?

머릿속에서 이런 골치 아픈 생각들을 몰아내려고 애썼다. 아빠와 얘기하고 싶었다. 아니, 아빠 엄마 모두와 얘기할 필요가 있었다. 엄마는 내가 이미 다 자랐다는 사실을 인정해야만 했다. 더는 엄마가 자의적으로 '어른들의 문제'라고 하며 내 관심을 차단시키려는 노력을 중지해야 했다. 랜스 아빠가 한 얘기와 랜스가 했던 말도 부모님께 전하고 싶었다. 머릿속에 있는 걸 꺼내어 깨끗하게 정리하자는 생각이 들었다. 그래, 집으로 돌아가는 차 안에서 꼭 진지하게 대화를 나누겠다고 결심했다.

그러다 어떤 생각 때문에 확 깼다! 어떻게 그런 사실을 까먹을 수 있단 말인가? 돌아가는 차 안에는 부모님과 나, 셋만 있지 않을 것이다. 오늘 아침 뒷좌석을 카마우, 무고와 나누어 타고 시내로 왔다. 어제 카마우는 아빠에게 자기 누이가 아프다는 긴급한 전갈을 받았다고 보고했다. 아빠는 시내 반대편에 있는 '흑인 전용 거주지'에 카마우와 무고를 내려준 다음, 오후 네 시에 다시 태우러 가겠다고 말했다. 어제 저녁 아빠가 엄마에게 그 사실을 논의하던 자리에 함께 있었다. 엄마는 눈썹을 치켜뜨며 말했다.

"당신이 일부러 먼 길로 돌아간다는 걸 카마우가 감사하게 여기길 바랄 뿐이에요."

"에이, 짜증나!"

부모님과 랜스네 가족과 함께 차로 걸어가면서 작게 웅얼거렸다. 카마우와 무고 앞에서 부모님과의 대화는 불가능하다고 봐야 한다. 집에 도착할 때까지 기다려야 한다.

"내가 뒤를 따라가겠네."

랜스의 아빠가 말했다.

"자네 집에 도착할 때까지는 함께 가도록 하세."

클럽에서 우리 농장까지는 10마일이고, 스미더스 농장까지는 우리 농장에서 몇 마일을 더 가야 했다. 아빠는 흑인 전용 거주지에 들러 카마우를 태워야 하기 때문에 랜스네가 먼저 출발하는 게 좋겠다고 말했다. 스미더스 부인이 안쓰럽다는 듯이 엄마에게 눈짓을 했다. 랜스의 아빠는 사람들이 들리도록 한숨을 내쉬며 손목시계를 내려다보았다.

"그렇게 돌아가면 적어도 30분은 더 걸리겠군. 자네가 먼저 출발하게나."

랜스의 아빠가 퉁명스럽게 말했다.

"걱정 말게. 별일 없을 거네."

아빠가 답했다.

형제
- 무고 이야기

 망연자실했다. 가시철조망은 끝이 보이지 않을 정도로 하늘 높이 뻗어 있었다. 와준구들이 흑인 전용 거주지 전체를 가시철조망으로 돌돌 감아놓은 셈이다. 고모가 사는 곳은 그 자체로 거대한 감옥이었다. 불현듯 크리스마스이브 날의 은예리 흑인 전용 거주지도 이곳처럼 가시철조망으로 둘둘 감아놓았는지가 궁금했다. 그곳에 살고 있던 노인들과 사람들이 마우마우 맹세를 거부하자, 마우마우가 그들을 죄다 살해했다는 소문이 삽시간에 퍼졌다. 그 사건에 대하여 바바는 어떤 생각인지 묻고 싶었다. 하지만 지금은 때가 아니었다.
 브와나 그레이슨은 차단된 정문이 보이는 길가에 바바와 나를 내려 주었다. 정문 앞에는 키쿠유족 경찰 두 명이 하얀색 반바지와 검은 긴 소매 셔츠를 입고 경비를 서고 있었다. 그들의 높고 붉은 모자에는 검은 술이 매달려 있었는데, 마치 멤사힙의 화분을 뒤집어 쓴 것 같았다. 둘 다 호루라기 줄을 목에 감았고, 호루라기는 허리띠 옆에 끼워져 있었다. 허리띠 한쪽에는 경찰봉이 달려 있었다. 태양이 이글거리는 이런 날씨에 저렇게 입고 있으면 덥고 불쾌하겠다 싶었다. 그러면 누구든지 성질이 더러워질 수밖에 없으리라. 이 '빨간 모자들'에 대해 좋게 말하는 사람은 없었다. 심지어 '어처구니없게도 그들 중 몇몇은 지들이 브와나인 줄 안다니까.'라는 소리까지 최근에 요시야로부터 들었다.

정문으로 다가갈수록 경찰들의 눈매가 날카로워지고 있음을 느꼈다. 하지만 바바는 공손하게 인사했다.

"저희는 안으로 들어가고 싶습니다."

바바가 말했다.

"이 애는 제 자식놈이고, 제 누이를 방문하러 왔습니다."

"신분증을 좀 보자!"

경찰이 내민 손바닥은 땀으로 번들거렸다.

"제 누이를 방문하는 데 신분증이 필요할 줄은 몰랐습니다."

"모든 사람은 신분증을 갖고 다녀야 돼! 비상사태란 거 몰라! 그 동안 너는 자고 있었냐?"

그 경찰이 바바보다 훨씬 젊은데 바바에게 그렇게 함부로 말하는 게 충격으로 다가왔다.

"제 누이가 아픕니다."

바바는 그래도 침착하게 말했다.

"그래서 저를 부르러 사람을 보냈고, 제가 이곳에 온 것입니다."
"우리는 신분증이 없는 사람을 안으로 들여보낼 수 없어. 꺼져!"
경찰이 손을 저으며 쫓아내려 했다.

화가 나서 목이 꽉 막히는 듯했다. 이 빨간 모자는 바바를 보잘 것없는 사람으로 여기고 뚫린 입이라고 함부로 지껄이고 있었다. 하지만 바바는 동요하지 않았다.

"저희가 브와나의 자동차에서 내리는 것을 보셨죠? 우리가 문제를 일으킬 것이라면 음준구와 함께 왔을까요?"

그 경찰이 동료에게 곁눈질하였다. 그들도 브와나 그레이슨과 자동차를 본 게 확실했다. 바바는 계속 말을 이었다. 경찰들에게 브와나가 특별히 흑인 전용 거주지에 데려다주었을 뿐만 아니라, 오후 네 시에 데리러 올 거라고 말했다.

"이따 직접 브와나 그레이슨에게 물어보세요. 그러면 브와나께서는 우리가 그 분의 일꾼이라고 말씀해 주실 겁니다. 그리고 우리를 안에 들여보내지 않았다는 사실을 아시면 역정을 내겠죠!"

경찰들의 눈빛이 흔들렸다. 그들은 브와나와 문제가 생기는 것을 원하지 않았다. 바바는 끝까지 긴장의 끈을 늦추지 않았다.

"저와 함께 제 누이의 집에 가시지요. 그러면 사실을 확인할 수 있을 겁니다."

바바의 차분한 자신감에 나도 모르게 경탄했다. 그런데 갑자기 지금까지 입도 벙긋하지 않았던 두 번째 '빨간 모자'가 부푼 내 바지 주머니를 가리켰다.

"그 안에는 뭐가 있나?"

마른침이 꼴깍 삼켜졌다. 물건을 압수해 가는 경찰이 있다는 소문을 들었다. 하지만 주머니에서 조그마한 목재 코끼리 조각상 두 개를 꺼낼 수밖에 없었다. 코끼리 두 마리 모두 돌진할 준비를 끝낸 것처럼, 양쪽 귀를 한껏 뻗고 코를 높이 들어 올리고 있었다.

"어디서 났지?"

그 경찰이 눈을 가늘게 떴다.

"제 것이에요."

"아주 잘 만들었구나. 너 이거 훔친 거지?"

"아니에요. 제가 만든 거예요!"

목소리가 절로 커졌다. 항의하는 듯해서 마음 한쪽이 켕겼다.

"그것들은……."

하지만 바바가 말을 막았다.

"제 아들 녀석은 조각을 아주 잘합니다. 브와나가 오면 그분께 직접 질문하시죠."

바바가 브와나 그레이슨을 언급한 게 제대로 먹혀들었다. 두 번째 경찰이 첫 번째 경찰에게 손을 들어 안으로 들여보내라는 신호를 보냈다. 코끼리 조각상은 무사할 수 있었다. 결국 바바의 기지 덕분에 안으로 들어갈 수 있게 되었다.

며칠 전, 바바는 고모가 아프니 고모 집으로 한번 오라는 전갈을 받았다. 하지만 바바가 며칠간의 말미를 내려고 하자, 브와나는 토요일까지 기다리라고 말했다. 그러고는 토요일에 차량을 쓸 일이 있으니, 그때 바바를 태워 주겠다고 했다. 바바에겐 다른 선택권이 없었다. 차를 타고 가면 몇 시간씩 걷지 않아도 된다. 나도 함께 갈 수 있도록 브와나의 허락을 받아내 달라고 바바에게 부탁했다. 형 지타우와 사촌 카란자에게 새로 만든 코끼리 조각상을 주고 싶었다. 요즘 형은 학교가 쉬는데도 집에 오지 않았다. 형은 흑인 전용 거주지에 사는 고모 집에 머무는 걸 더 좋아했다. 아무리 아시아 사람이 운영하는 가게에서 일하고, 또 그래야 작은 돈이나마 벌 수 있다 하더라도, 지난 크리스마스 때도 집에 들르지 않은 것은 심했다. 마미는 형이 보고 싶다며 전해 달라고 했다.

"엄마가 형이 잘 지내는지 궁금하다고 전해주렴. 그리고 개학 전에 반드시 집에 다녀가야 한다고 전하고. 엄마가 형을 무척 기다린다는 말도 절대 빼먹어선 안 돼."

형이 오늘도 시내로 일하러 가고 없다면, 사촌 카란자에게 선물과 엄마의 메시지를 전할 작정이었다.

바바 뒤를 따라 진흙과 나무로 만든 집들이 다닥다닥 붙어 늘어선 미로 같은 골목길을 걸어갔다. 이곳에는 언제나 볼거리가 많았다. 어떤 이는 출입구 밖에 나앉은 채 낡은 타이어로 샌들을 만들었고, 또 어떤 사람은 가죽으로 벨트와 가방을 만들거나, 갈대로 바구니를 만들었다. 심지어 양철 깡통으로 상자와 들통을 만든 사람도 있었다. 그런 물건들은 아마 이 세상 어디에도 볼 수 없을 것이다. 그리고 골목에는 선반 위에 통조림, 기름, 옥수수 죽, 설탕 등을 진열하고, 야채 몇 가지와 고기 몇 덩어리를 파는 사람들이 있었다. 감옥 같은 가시철조망조차 사람들의 활기를 완전히 잠재우지는 못하고 있었다.

카란자는 문간에 서서 굳은 표정으로 우리를 맞았다. 카란자는 나보다 몇 달 일찍 태어난 사촌형이었고, 예전에는 항상 둘 사이에서만 통하는 특별한 인사가 있었다. 하지만 오늘은 집 뒤에 있는 작은 마당으로 바바와 나를 안내하며, 웃어 주지도, 윙크조차 하지 않았다. 카란자의 엄마가 침대에 드러누워 있을 거라고 지레짐작했다. 하지만 고모는 뒷마당에서 양철통에 든 옷을 빨고 있었다. 평소 고모는 활기찬 사람이었다. 오빠인 바바보다 더 활기가 있었다. 하지만 오늘은 인사를 하려고 고개를 든 두 눈에도 생기가 없었다. 고모는 일어날 생각조차 없는지 그냥 앉아 있었다.

"무슨 일이냐?"

바바가 물었다.

"아프다더니!"

"예! 마음이 너무 아파요, 오빠. 편지에는 무슨 일이 있었는지 쓸 수 없었어요. 와준구가 애들 아빠를 잡아갔어요. 경찰들이 득달같이 몰려와서는 우리들이 보는 앞에서 그 사람을 마구 때렸어요. 그들에게 왜 그러는지 따지고, 그만두라고 애원했지만, 그들은 나를 밀쳐 냈어요."

고모는 잠시 말을 멈추더니 눈물을 참으려 애썼다.

눈물이 눈가에 맺혔지만 고모의 두 눈은 분노로 이글거렸다. 고모부는 공공사업부에서 일했다. 어렸을 때 카란자는 고모부가 도로를 건설하기 때문에 그렇게 많은 자동차들이 쌩쌩 다닐 수 있는 거라고 자랑했었다.

바바는 고모를 집 안으로 데리고 들어갔다. 바바와 고모는 등받이 없는 나무 의자에 얼굴을 마주 보고 앉았다. 우리 둘은 옆에 섰다.

"매제를 어디로 데려갔니? 뭐라고 말하던?"

바바가 다급하게 물었다.

"그들이 언제 우리에게 무슨 언질을 준 적이 있던가요!"

카란자가 불쑥 내뱉었다.

"어떤 사람이 누구를 마우마우라고 말만 하면, 그놈들은 무조건 지목당한 사람을 잡아가 버리죠. 하지만 엄마는 더 할 말이 있어요."

고모는 바바는 보지도 않은 채, 손으로 턱받침을 하고 있었다.

"오빠! 경찰이 내 아들 마이나의 행방에 대해서 물었어요……그리고 지타우도요……."

"뭐라고!"

소스라치게 놀란 바바가 소리쳤다.

"그 두 아이가 여기에 없어 잡아가지 못했어요."

"네가 아는 바는 더는 없어? 지금 걔들이 어디에 있는지 알지?"

바바가 따져 물었다.

시큼한 공기가 내 심장을 쿡 찔렀다.

"삼촌, 우리 생각에는 두 사람은 다른 사람들과 함께하는 것 같아요."

카란자는 마치 낮말은 새가 듣는다는 듯이 목소리를 낮췄다.

"와준구 놈들한테 잡혀가 고문을 당하는 것보다 산에 있는 무히무[20]에 가담하는 게 백배는 더 낫죠! 와준구 놈들은 잡혀간 사람이 자백할 때까지 팬다고 하잖아요. 잡혀간 사람이 아무것도 아는 게 없으면 죽이기도 하고요! 차라리 싸우는 게 나아요!"

카란자가 전에는 이런 말을 하지 않았다. 마치 카란자의 혀가 불타는 것 같았다!

"카란자, 네 말 잘 들었다. 하지만 전쟁은 죽[21]이 아니란다. 전쟁이 너에게 먹을 것을 갖다 주지 않는단 말이다."

바바가 쌀쌀맞게 말했다.

"네가 말하는 꼴을 보니, 경찰이 다음에는 너를 잡으러 오겠구나! 도대체 너는 학교에서 무엇을 배우는 게냐? 머리를 쓰도록 해라!"

카란자는 아무 대꾸도 하지 않았지만, 불끈 쥔 주먹이 보였다. 카란자가 다니는 흑인 전용 거주지의 학교는 마이나와 형이 다니는 학교와는 달랐다. 공립 학교도 아니었고, 수업이 영어로 이루어지지도 않았다. 카란자의 학교는 키쿠유족이 교사 한 채를 지어 운영하는 학교로, 2급 교육 과정을 이수한 선생님 한 분만을 두고 있었다. 그곳 아이들은 읽기뿐만 아니라 키쿠유족 노래와 전통을 배웠다. 정부는 키쿠유족 학교 몇 개를 강제로 폐쇄했다. 그곳 학생들이 마우마우가 되는 법을 배운다는 말들이 나돌았던 것이다.

---

20) 케냐의 영국 식민 지배에 반대하는 무장 청년대를 의미하는 키쿠유어.
21) 키쿠유족에게 '죽'은 손님들이 방문했을 때 대접하는 음료수이자, 아침 대용으로 먹는 음식이다. 이 말은 전쟁은 파괴적이고 생활에 하등 도움이 안 된다는 뜻.

바바는 고모를 돌아다보았다.

"이곳에 네가 더 있으면 안 될 것 같아. 매제가 돌아올 때까지 시골에 가 있는 게 좋을 거 같구나."

"그렇지 않아요, 오빠. 와준구가 사람들을 죄다 시골로 강제 이주시켰어요. 그런 곳에서 뭘 먹고 살겠어요? 도시에서는 그나마 몇 푼이나마 벌 수 있잖아요."

고모는 생기를 되찾아가고 있었다.

"카란자도 일을 찾을 거고……."

"얘들아, 우리가 얘기하는 동안, 먹을 것 좀 사오너라."

바바가 고모의 말을 중단시키고, 동전 몇 개를 꺼내 카란자에게 건네주었다.

"무고와 함께 가서, 감자, 양배추, 콩을 사오너라. 가기 전에 네 엄마가 만든 이리아22)가 먹고 싶구나."

바바는 고모와 단 둘이서 얘기를 나누고 싶은 게 분명했다.

카란자는 골목으로 나오자마자 투덜거렸다.

"삼촌은 아직도 나를 어린애 취급하신단 말이야. 삼촌은 세상이 바뀐 걸 모르시는 걸까? 하여튼 말 조심하시지 않으면, 삼촌도 고생 좀 하게 되실걸!"

"무슨 고생?"

카란자의 말이 무슨 뜻인지 알지만, 모르는 척하고 물었다.

---

22) 옥수수, 콩, 야채를 섞어 만드는 음식.

"너네 브와나는 여전히 너희를 바보 등신 취급하고 있지, 그렇지?"

카란자가 거들먹거렸다.

"무히무가 너희 농장은 방문하지 않았니?"

"응! 저번에 왔었어. 근데 그 뒤로는 안 보이던데."

카란자가 더는 거기에 대해서 언급하지 말기를 속으로 빌었다. 카란자는 이미 무히무의 맹세를 했다는 걸 알 수 있었다. 맹세식이 있던 날 일을 털어놓는다면 서로가 곤란해질 것이다.

"그들이 돌아오지 않았다는 걸 어떻게 알아?"

카란자가 시비를 붙였다.

"무히무는 모든 곳에 조직원을 심어놓았어. 방금 말했듯이, 삼촌도 말조심해야 할 거야."

갑자기 내 말은 변명처럼 들리게 되었고, 카란자의 말은 과격했다.

"오해하지 마, 카란자. 바바도 무히무처럼 와준구로부터 우리의 땅과 자유를 되찾고 싶어 하셔."

"그게 사실이라면, 삼촌은 내게 '전쟁은 죽은 아니다.'라는 둥 그 같은 시시껄렁한 말을 해서는 안 돼. 우리가 지금 전쟁 중이라는 걸 삼촌도 모르시지는 않겠지? 우리의 이싸카 나 위야씨를 위해 싸우지 않는 사람이 있다면, 그 사람은 배신자가 아닐까?"

속이 뒤집힐 것 같았다. 어떻게 카란자가, 아니 그 누구라도 바바를 배신자로 생각할 수 있을까? 은예리에 살던 노인들이 끔찍한 일을 당한 뒤로, 사람들은 배신자에게는 무슨 일이 생기는지를 확실히 인식하게 되었다. 몇 달 사이에 카란자는 이미 완전히 새로운 사람으로 변해 있었다. 카란자와 이야기를 하면서, 이제 함께 염소를 괴롭히고, 닭들을 뒤쫓고, 동네 형들을 졸래졸래 따라다녔던 그 개구쟁이 카란자를 상상하기 어렵게 되었다는 생각이 들었다. 염소 고기, 염소의 위와 창자를 담은 접시를 문 앞에 내놓은 집을 지나가던 중, 갑자기 아픈 것처럼 욕지기가 났다. 뒤돌아서서 왔던 길을 냅다 내달렸다.

고모 집에 도착하기도 전에 토했다. 어쩔 수 없이 하수구에 쪼그리고 앉았다. 아무도 보는 사람이 없어 그나마 다행이다 싶었다. 막대기로 하수구를 쑤시는 두 꼬마만 옆에서 멀거니 지켜보고 있었다. 아프다는 생각보다 바보 같다는 생각을 더 하며 고모 집으로 돌아갔다. 바바에게는 속이 안 좋아 먼저 돌아왔다고 했다. 카란자와의 대화에 대해서는 이야기하지 않았다. 고모는 속을 가라앉혀 줄 물약을 나에게 먹인 뒤, 카란자의 매트 위에 누우라고 했다. 바바와 고모의 대화는 들리지 않았고, 대신 머릿속에서는 카란자의 아버지가 경찰에게 체포되는 모습과, 지타우 형과 마이나가 키리냐가산의 깊은 숲 속에 숨어 있는 모습이 계속 줄달음쳤다.

물약 때문에 깜박 잠이 들었던 모양이다. 바바가 나를 흔들어 깨우더니 돌아가자고 했다. 카란자는 어느새 집에 돌아와 있었다. 하지만 단지 "잘 가."라는 인사뿐, 어떤 말도 하지 않았다. 코끼리 조각상 두 개는 그대로 주머니에 들어 있었다.

바바와 함께 골목길을 걸어가면서, 멀미를 잊기 위해 좋은 냄새를 맡으려고 애썼다. 갓 볶은 옥수수 냄새를 막 맡았을 때, 누군가가 우리들 옆에 바투 붙어 섰다.

"건강하시죠, 바바? 멈추지 말고 계속 걸으세요. 그리고 자연스럽게 따라오세요!"

그러자 내 심장이 마구 두방망이질 쳤다. 목소리는 분명 형 지타우의 것이었는데, 얼핏 본 모습은 전혀 형 같지 않았다. 분명 블레이저와 넥타이를 한 학교 교복을 입은 형은 아니었다. 형은 낡은 영국 군인 코트를 입고, 모자를 푹 눌러쓰고 있었다. 바바가 뭐라고 하기 전에 형은 이미 다음 골목으로 꺾어 들어섰다. 어지러움을 느낄 정도로 상황이 빠르게 획획 돌아갔다. 마침내 우리는 문과 창문이 판자로 막힌 작은 집 앞에서 걸음을 멈추었다. 롱코트를 입은 형이 작지만 다급하게 문을 두드렸다. 그러자 빗장이 벗겨졌고, 우리 셋이 안으로 몸을 들이밀자마자 문은 다시 황급히 닫혔다. 벽과 초가지붕의 좁은 틈에서 새어들어 온 빛만이 집 안을 희끄무레하게 밝히고 있었다. 하지만 어둠 속에서도 카란자의 형인 마이나의 널따란 어깨를 알아볼 수 있었다.

"잘 지내셨어요, 삼촌?"

마이나가 바바에게 인사했다. 마이나도 형처럼 낡은 카키색 코트를 입고 있었다.

"우리가 어떻게 잘 지낼 수 있겠느냐?"

바바가 쏘아붙이고는 깊은 한숨을 내쉬었다.

"네 엄마는 걱정 때문에 병이 들었고, 지금 너희는 도둑처럼 숨어서 지내는데!"

"바바, 우리는 도둑이 아니에요. 바바는 잊고 계셨군요. 도둑은 바로 와준구예요. 와준구를 돕는 빨간 모자들과 국방시민군[23)]들이 그들의 개란 말이죠!"

형은 다른 방으로 이어지는 문을 등지고 서서 침착하게 말했다. 그 너머 방에 어떤 사람이 숨어 있는지 궁금했다. 바바는 형을 지그시 응시했다.

"버르장머리 없이, 어른에게 설교하는 법을 어디서 배운 게냐? 내가 우리의 역사도 모르고 있다고 생각하느냐?"

"그런데 바바, 바바는 무슨 일을 하고 계신 거죠?"

피가 핏줄을 타고 빠르게 흐르는 느낌이 들었다. 처음엔 카란자였고, 이번엔 형이었다. 지금 바바가 손을 들어 형을 때린다면, 예전에는 때릴 수 있었겠지만, 지금은 형도 참고만 있지 않을 것이다.

"내가 왜 너를 와준구 선생들이 가르치는 학교에 보내겠느냐? 와준구가 아는 것을 네가 알 때까지 교육 받기 위해서가 아니었더냐? 음지 케냐타[24)]가 와준구의 나라에 가서 그렇게 오랫동안 공부했던 것도 바로 그 이유 때문이 아니었더냐? 우리가 와준구의 지식을 온전히 얻지 못하면, 우리의 땅을 절대 되찾을 수 없다는 사실을 모르는 게냐!"

---

23) 국방시민군(Kikuyu Home Guard)은 1953년 초에서 1955년 1월까지 존재했던 키쿠유 사람들의 반 마우마우 자원 임시 조직이다. 이들은 임금도, 정규복장도 없었다.

24) 케냐타(Jomo Kenyatta)는 케냐의 최초 국무총리이자 대통령이 되지만, 당시에는 투옥된 상태다.

"와준구가 음지를 체포했을 때, 음지의 지식은 도대체 뭘 하고 있었죠, 바바?"

형이 냉담하게 물었다.

"너는 아직 학교도 졸업하지 않았다. 그런데 벌써 와준구와 싸워 이길 수 있다고 생각하고 있구나!"

바바가 불같이 화를 냈다. 큰아들에 대한 실망감 때문에 두 눈썹이 치켜 올라갔다.

"음지의 지식이 와준구 재판정에서 음지를 석방시켜 주었나요? 와준구가 음지를 석방하지 않을 거라는 건 바보조차도 알아요. 그들은 총으로 우리 땅을 빼앗아 갔어요. 이제 우리가 그 땅을 되찾을 때라고요!"

흥분한 형의 목소리가 커져갔지만 곧 그 목소리는 낮추어졌다.

"어쨌든 우리에겐 이제 다른 지도자가 생겼어요."

"형제에게 같은 형제를 죽이라고 명령하는 지도자 말이냐?"

바바가 따져 물었다.

처음으로 형은 시선을 피했다.

"키쿠유족이 같은 형제를 죽이는 게 과연 옳은 일이냐? 그것이 너희가 부르짖는 통합이냐?"

"삼촌, 우리를 배반하는 사람이 있다면, 그 사람은 배신자가 아닌가요?"

마이나가 조용히 물었다.

안 그래도 생각의 정리가 쉽지 않은데, 해답이 없는 이 모든 질문들 때문에 내 머리는 더 어지러웠다. 하지만 '배신자'라는 말은 다시 한 번 날 얼게 하였다. 옆방에서 우리들의 대화를 도청하는 무히무가 없기를 간절히 빌 뿐이었다. 무히무가 바바의 질문 내용을 마뜩지 않게 여길 것은 분명했다. 당장 논쟁을 그만두게 해야 했다.

하릴없이 배를 움켜쥔 뒤 신음하기 시작했다.

"아이고! 다시 배가 아프고 토할 거 같아요!"

"지타우, 서둘러 빈 용기를 가져와라. 네 동생은 아까도 토했단다."

"신선한 공기가 마시고 싶어요, 바바. 밖으로 나가요!"

문으로 슬쩍 다가가자 마이나가 서둘러 빗장을 벗겼다. 걸음이 휘청거리는 느낌이었다. 벽에 기대어 크게 숨을 쉬었다. 바바가 이마를 찡그린 채 뒤따라 나왔다.

"그만 가자, 늦겠구나."

바바는 화가 많이 난 듯 앞서 쌩하고 걸어갔다. 바바는 형과 마이나에게 제대로 인사조차 건네지 않았다.

형이 문 밖으로 나왔다. 그러고는 내 손을 잡아 꽉 쥐었다. 나도 형의 손을 마주 잡았다. 형과 단 둘이서만 있고 싶었다……. 아무도 듣는 사람이 없는 곳에서 형에게 묻고 싶은 게 있었다. 그 대신 엄마의 전갈을 전해 주었다.

"형이 잘 있기를 바란다고 마미가 전해 달랬어."

하지만 두 번째 소식은 전하지 못했다. 학교로 돌아가기 전에 집에 꼭 들르라는 마미의 말은…….

"마미가 건강하시길 바란다고 전해 주렴. 너도 잘 지내, 동생아."

그 순간 주머니에 들어있던 것이 생각났다. 까맣게 잊고 있었다.

"잠깐, 형!"

작은 코끼리 조각상 두 개를 꺼냈다. 그리고 그 중 한 개를 형의 손에 쥐여 줬다.

"형에게 주려고 만들었어! 하나는 내가 간직하고 있을게. 봐, 이 코끼리들은 우리처럼 형제야!"

처음엔 카란자에게 주려고 만들었던 코끼리 조각상을 손바닥에 올려놓으며 말했다. 그리고 그 코끼리를 꼭 움켜쥐고 바바를 따라 잡기 위해 뒤돌아 달렸다.

협곡에서의 하룻밤

- 매슈 이야기

아빠가 흑인 전용 거주지 비포장도로에 차를 세우기 전부터 차 안에는 묘한 긴장감이 감돌았다. 클럽 정문을 빠져나온 뒤 아빠는 랜스의 아빠가 '다소 독선적'이라고 지적했다. 그러나 엄마는 동의하지 않았다. 오히려 스미더스 씨가 군대에서 훈련을 받아 '현실주의자'가 되었으며, 어쩌면 그 때문에 '꽤' 뛰어난 판단력을 지니게 된 것 같다는 것이다. 내가 없었으면 이런 식의 대화가 계속 이어졌을 것이다. 하지만 내가 '그 아버지에 그 아들'이라고 하자, 부모님은 단지 '오!'와 '흠!'이라고 감탄사만 연발했다. 그 뒤 대화는 끊어졌지만, 차 안의 껄끄러운 분위기가 진득하게 붙어 떨어지지 않았다.

카마우와 무고는 흑인 전용 거주지 정문 근처, 오전에 내려 줬던

나는 한 번이라도 뜨거웠을까?

자리에서 기다렸다. 나는 공간을 마련해 주기 위해 몸을 들어 한쪽으로 옮겨 앉았다. 그 순간 처음으로 그들과 함께 차 뒷좌석을 나누어야만 하는 현실이 이상하게 여겨졌다. 하지만 거북한 느낌이 얼굴에 드러나지 않도록 무고에게 씩 웃어보였다.

"재밌게 보냈어?"

"예."

무고는 대답을 했으나 미소를 보이지 않았다.

"지타우와 사촌이 네가 만든 코끼리 조각상을 마음에 들어 하디?"

무고는 그저 고개를 끄덕이기만 했다. 아침에 무고는 조각상을 자랑삼아 보여 줬는데, 이제 아무 말도 하고 싶지 않다는 표정이 역력했다.

"여동생은 어떻던가, 카마우?"

덜덜거리는 엔진 소리 때문에 아빠는 목소리를 높였다.

"많이 좋아졌습니다, 브와나!"

"그러면 그다지 응급 상황은 아니었던 게 아닌가? 어, 자네는 여동생이 곧 죽음의 문에 이를 것처럼 말했잖은가!"

아빠가 카마우에게 농담을 하는지, 책망을 하는지 헷갈렸다.

"여동생은 어디가 안 좋아요, 카마우?"

엄마가 물었다.

"의사에게 진찰은 받았어?"

엄마는 항상 의사의 진단 내용을 먼저 알고 싶어 했다.

"모르겠습니다. 그냥 아픈 거죠 뭐, 멤사힙."

104

"그렇구나. 여동생 남편이 잘 돌봐줘야 할 텐데. 아내가 아프면 당연히 남편이 아내를 도와줘야 하는 법이잖아."

"그렇습니다, 멤사힙."

카마우의 대답을 끝으로 아무도 입을 열지 않았다. 해가 지기 전까지는 고작 한 시간 정도 남았다. 포장도로 끝에 도착하자 아빠가 액셀러레이터를 과하게 밟았다. 여기서부터 여기저기 움푹 파인 흙길이 시작되었다. 이런 비포장도로에서는 오히려 빨리 달리는 게 낫다는 것이 아빠의 지론이었다. 아무리 그래도 일몰 직전에야 간신히 집에 도착할 수 있을 것이다. 수풀을 물끄러미 쳐다봤다. 하루 중 이맘때가 동물들을 관찰하기 좋은 최적의 시간대였다. 낮 동안 그늘에서 휴식을 취했던 동물들이 물을 찾아 움직이기 시작하기 때문이다. 오전에 시내로 갈 때는 무고의 날카로운 눈 덕분에 '동물 세기' 실적이 꽤 좋았다. 하지만 지금은 무고가 피곤해 보였고, 의욕이 있어 보이지 않았다. 평소 아빠는 살펴볼 가치가 있는 동물을 발견하면 일부러 차 속도를 줄였다. 하지만 숲에서 치타처럼 반점을 갖고 있는 동물을 본 것 같다고 소리쳤을 때도, 속도를 줄이지 않았다.

태양이 지평선 아래로 떨어지기 시작하자 덤불에 어리는 그림자들도 길어졌다. 길은 나도 잘 알았다. 시내와 집의 중간 지점에 다 와 가고 있었다. 조금만 더 내려가면 강바닥을 쉽게 건널 수 있는 얕은 개울이 있는 나무가 빽빽한 협곡이 나온다. 우기 때는 오프로드 차만이 건널 수 있지만, 12월 말에는 그런 걱정을 할 필요가 없었다. 아빠는 얕은 개울로 차를 몰았다. 얕은 개울 건너에는

나는 한 번이라도 뜨거웠을까?

올라야 하는 비탈길이 있었다. 그런데 갑자기 엔진에서 격렬하게 탁탁거리는 소리가 나더니, 차가 완전히 퍼져 버렸다.

"젠장! 이 차면 충분했는데!"

아빠가 욕을 내뱉었다. 아빠는 오늘 오스틴사의 세단을 몰고 나왔다. 아빠는 그 차를 "굴릴 필요가 있다."고 말했었고, 엄마는 세단이 트럭보다 더 편할 거라고 생각했었다.

"타이어 밑에 고일 돌 주워 와! 어서!"

아빠는 카마우와 무고에게 명령했다. 아빠는 차가 뒤로 미끄러지는 걸 원치 않았다. 차 안에 있던 우리도 모두 내려야 했다.

"우리는 스미더스 씨네와 함께 가야 했어요!"

엄마가 안달을 하며 말했다. 아빠는 지나온 길의 표면을 살피기 시작했다. 시내에서 출발하기 전에 기름을 채웠다. 그리고 길에도 기름이 샌 흔적이 없었다. 아빠는 차 밑을 살피느라 바닥에 무릎을 꿇고 앉았다. 아빠를 따라 나도 차 밑을 살펴봤다. 아무것도 잘못된 것이 없어 보였다. 다음에 아빠는 차의 후드를 열어보았다.

"연료통이 막혔는지 확인해보는 게 낫겠군."

아빠가 중얼거리고는 연장통에서 작은 스패너를 꺼내 들었다. 카마우와 무고는 타이어에 큰 돌멩이를 고였다. 엄마와 나, 모두는 아빠가 연료 펌프에서 기화기로 연결된 파이프를 분리하는 모습을 지켜보았다.

"시동 좀 걸어보지!"

아빠가 엄마에게 말했다.

"기어는 중립에 놓고."

엄마가 운전석에 앉았다. 다른 네 사람의 시선은 파이프 끝에 고정되었다. 마침내 기름이 흘러나왔다. 눈곱만큼이었다.

"내 생각이 맞았군, 제기랄! 파이프가 막힌 거군!"

"왜 그런 거예요 아빠?"

아빠는 질문에는 대답하지 않고, 엄마에게 엔진을 끄라고 소리쳤다. 아빠는 파이프를 다시 연결했다. 엄마가 팔로 내 어깨를 감싸 안았다. 아빠의 판단을 기다리며 엄마에게 머리를 기댔다. 무고와 카마우는 뒤로 물러나 차에서 그다지 멀지 않은 곳에 둘이 함께 서 있었다. 아빠가 고개를 들어 그들을 쳐다보기 전까지 아주 오랜 시간이 흐른 것처럼 느껴졌다.

"그 주유소가 오염된 기름을 넣었거나 아니면……."

아빠가 말을 참았다. 그러고는 나와 엄마만 들을 수 있을 정도로 목소리를 낮추었다.

"누군가 고의적으로 연료통을 막은 것이오."

"그럼, 이제 어떻게 해야 하죠?"

엄마가 다급한 목소리로 물었다. 공포도 서렸다.

"이 차는 나중에 견인해가고, 우리는 다른 차를 얻어 타야만 하오. 여기에서는 고칠 수 없소. 이거 큰일이오."

아빠가 말했다. 엄마와 아빠는 오랫동안 말없이 시선을 교환했다. 그런 뒤 아빠가 카마우를 불렀다.

"브와나 스미더스의 농장까지 가는 데 얼마나 걸리겠나? 도움을 청해야 해. 이곳에 와서 우리를 집까지 데려다달라고 해! 우리는 도움이 필요하다. 서둘러, 서둘러!"

"너무 멉니다, 브와나! 밤이 되기 전에 그곳에 도착할 수 없습니다."

"아빠, 무고는 엄청 빨라요! 네가 메시지를 전달할 수 있지? 그렇지, 무고?"

나는 무고가 동의하기를 바랐지만, 평소와는 달리 말이 없었다.

"무고는 그럴 수 없습니다, 브와나 키도고!"

카마우가 반대하고 나왔다.

"너무 위험합니다, 브와나! 가는 길에 누구를 만날지 어떻게 알겠습니까? 게다가 브와나 경위의 경비들은 무고가 누군지 모릅니다. 무고가 속임수로 문을 열려고 한다고 간주하고, 총으로 쏠 겁니다!"

아빠의 침묵이 카마우의 말이 옳다는 것을 입증하고 있었다. 이를 앙다물었다. 30분만 지나면 이 일대는 어둠에 잠기고, 다른 차가 지나갈 가능성은 거의 없었다.

발밑에 있는 협곡은 벌써 어둠 속에 묻혀 보이지 않았다. 갑자기 나무에서 난폭한 움직임이 있었고, 거친 울부짖음이 들려왔다. 순간 나는 그 자리에 얼어붙고 말았다. 개코원숭이 떼가 우리 일행을 발견한 것이었다. 길 반대편의 해열목 가지에 매달려 있던 놈들 중 두세 마리는 대담하게도 나무를 타고 내려왔다. 그들 머리 위로 아치를 그리며 얽힌 나뭇가지를 올려다보았다. 그곳은 벌써 적어도 스무 쌍의 털북숭이 귀와 작은 모들뜨기, 검은 긴 주둥이 들로 바글바글했다.

"어서 들어가!"

아빠가 소리쳤다. 엄마는 나와 무고를 재빨리 차에 태웠다. 그리고 아빠는 권총집에서 권총을 꺼내 들었다.

"안 돼요, 브와나!"

카마우가 아빠를 제지하면서 한 손으로 돌멩이 하나를 집어 들었다. 가장 가까이에 있던 개코원숭이를 향해 던졌다. 돌멩이를 맞은 녀석은 비명을 내지르며 도망쳤다. 그러자 나머지 개코원숭이들이 이빨을 드러내며 더 사납게 위협했다. 카마우는 이에 아랑곳하지 않고 두 번째 돌멩이를 집어 들어 던졌다. 이번에 맞은 녀석도 켁켁거리며 나무 위로 도망쳤다. 카마우가 세 번째 녀석을 맞추자, 그제야 개코원숭이 떼들이 괴성을 지르며 허둥지둥 물러났다.

아빠가 창 뒤쪽 유리 너머에서 카마우에게 고개를 끄덕였다. 빛은 빠르게 마르고 있었다. 두 사람은 협곡 아래쪽으로 걸어 내려갔다가 다시 올라오더니, 비탈 끝까지 걸어 올라갔다. 그러는 동안에도 아빠는 총을 손에서 놓지 않았다. 두 사람은 주변 지형을 살펴보는 것 같았다. 아빠와 함께 있는 카마우의 모습을 보면서, 카마우가 개코원숭이들을 쫓아낸 일을 생각하자, 아빠가 옳았고 랜스의 아빠가 틀렸다는 사실을 확신할 수 있었다. 카마우는 협곡에서 밤을 보내야 하는 우리 일을 진심으로 걱정하는 것처럼 보였다. 만약 의도적으로 연료통에 흙을 넣은 사람이 있다 하더라도, 카마우는 절대 아닐 것이다.

고개를 내밀어 앞좌석을 살펴보았다. 엄마의 무릎 위에 작은 권총이 놓여 있었다. 엄마가 어느새 핸드백 안에서 총을 꺼내 놓은 것이다.

"엄마, 누가 이런 짓을 했을까요? 이건 사보타주예요, 그렇죠?"
"넌 그런 거 신경 쓰지 않아도 돼. 매슈. 아빠 말처럼 우연한 사고일 수도 있어. 그러니 우리는 하느님께 기도하고, 긍정적으로 생각하자."

엄마의 목소리는 부자연스러울 정도로 밝았다. 하지만 무릎 위에 놓인 총은 엄마가 '긍정적으로 생각하고 있지' 않다는 것을 여실히 보여 주는 증거였다. 엄마와 계속 대화를 하고 싶었지만, 무고의 얼굴을 보자 그럴 생각이 확 달아났다. 무고의 두 눈은 텅 비어 있었다. 그건 보이지 않는 장벽처럼 느껴졌다. 전에는 한 번도 무고의 얼굴에서 이런 표정을 보지 못했다. 처음으로, 무고는 카마우와 다른 생각을 하고 있을지도 모르겠다는 생각이 들었다. 다시 뒤로 물러나 앉았다. 그리고 눈을 감았다. 나도 모르게 자꾸 시선이 무고로 갔기 때문이다. 다시 눈을 떴을 때, 암흑이 사방을 감싸고 있었다. 어둠에 휩싸인 두려운 밤이 우리를 기다렸다.

차에 몰래 접근하는 사람을 쏠 수 있는 바깥에서 계속 망을 보는 게 낫다는 게 아빠의 판단이었다. 그리고 카마우를 포함해 다른 사람들은 차 안에 있어야 했다. 엄마는 어서 자라고 했지만, 추위와 두려움에 떨며 밤의 소리에 귀를 기울였다. 자칼의 울음소리가 점점 가깝게 들리는 것 같더니 다행히 희미해져 갔다. 고음의 꽥꽥거리는 울음소리가 들려 독수리를 떠올렸지만, 가끔 치타가 새의 울음을 흉내 낸다는 사실이 불현듯 생각났다. 지금 우는 이 녀석은 아까 덤불에서 본 바로 그 치타일지도 모른다. 만약 그 녀석이 지금 이 협곡에 와 있다면? 치타는 그 정도 거리는 식은 죽 먹기로 이

동할 수 있다. 희미한 달빛이 나뭇잎 사이로 새어 들기 시작하자, 아빠의 실루엣을 확인해야 안심이 되었다. 아빠가 자신과 가족들을 위해 싸우는 상황이 언제든지 벌어질 수 있다는 이유 때문에 무서웠다. 이런 상황에서는 잠이 올 리 만무했다. 차 안에서 나는 소리로 카마우와 엄마 또한 깨어 있다는 사실을 알 수 있었다. 무고만 잠이 든 것 같았다.

결국 아빠도 차 안으로 들어오셨다.

"더 밖에 있다간 손가락이 얼어, 방아쇠를 당길 수도 없을 것 같군!"

아빠가 온몸을 부들부들 떨었다.

"제대한 이후로 이렇게 추위에 떤 적이 없는 것 같소!"

아빠가 차 계기판 위에 총을 올려놓으며 말했다. 엄마는 담배에 불을 붙여 아빠에게 건넸다. 엄마는 자주 담배를 피우지 않았지만, 가끔 피웠다. 부모님이 앞 창문들을 다 조금씩 내렸지만, 금세 담배연기 때문에 눈이 따가웠다. 빨갛게 타는 담배 끝이 절망의 신호처럼 보였다. 이 신호가 적들에게 위치를 알려 주고 있음을 지적하고 싶었다. 하지만 그렇게 하는 대신 두 눈을 꼭 감았다. 모든 것을 잊고 싶었다.

나는 한 번이라도 뜨거웠을까?

전령
- 무고 이야기

악몽을 꾸는 도중에 퍼뜩 눈을 떴다. 누군가가 나를 마구 흔들었다. 바바와 나는 빨간 모자들에게 쫓겼다. 우리 둘은 판잣집에 도착하여 필사적으로 문을 두드렸다. 그러자 카란자로 보이는 사람이 문을 열었다. 하지만 곧바로 '배신자들!'이라고 소리치며 면전에서 문을 꽝 하고 닫아버렸다. 빨간 모자들이 막 잡아채려고 했을 때, 눈이 떠졌다. 나는 브와나의 차 뒷좌석에 처박혀 있었다. 바바가 팔을 잡고 흔들며 일어나라고 깨웠다. 차 안에는 김이 서렸고 퀴퀴한 담배 냄새가 풍겼다. 매슈는 뒷좌석 반대쪽 끝에 웅크리고 자는 것처럼 보였다. 바바가 차 문을 열어 주었다. 밖으로 나오면서 신선한 아침 공기를 들이마셨다. 협곡 아래쪽은 어둠에 잠겨 있었지만, 비탈 위로 보이는 하늘은 희끄무레 밝았다.

브와나 그레이슨은 한 손에는 총을, 다른 손에는 메모지를 쥐고 차 옆에 서 있었다.

"무고, 너는 가능한 한 빨리 브와나 경위에게 다녀와야 해! 도착하면 정문을 지키는 경비에게 이 메모를 보여줘라. 그런 다음 즉시 브와나 경위에게 안내해 달라고 말해. 만약 그들이 성가시게 굴면 내가 경위에게 말해 가만두지 않겠다고 말해라. 할 수 있겠느냐?"

바바에게 눈으로 어떻게 할지를 물었다. 바바는 밤새도록 무히무가 차를 발견할까 싶어 전전긍긍했다. 만약 습격이 있었다면 바바와 나는 꼼짝없이 붙잡혔을 것이다. 그리고 무히무가 브와나 가족을 제압했다면, 그들은 살해당했을 것이다. 그리고 그런 위험이 여전히 과거의 것이 되지 못하고 있었다.

"네가 어제 아팠던 것을 브와나께 말씀드렸다."

바바가 주저하는 나 대신 적절히 둘러대 주었다.

"이제 괜찮아요, 바바."

"그러면 브와나 말씀대로 하거라. 네가 나보다 월등히 걸음이 빠르잖아."

손을 내밀어 메모지를 건네받았다.

"할 수 있어요, 브와나."

"착하구나, 무고!"

브와나가 안도하며 말했다.

"쪽지에 길마를 진 소 두 마리를 데려오라고 브와나 경위에게 부탁했다. 차를 끌고 가야 하거든. 너는 반드시 브와나 경위와 함께 돌아와야 한다."

쪽지를 주머니에 밀어 넣었다. 그리고 손으로 작은 코끼리를 만졌다. 내게 지금 필요한 건 배짱이었다. 예전부터 까다로운 브와나 경위와의 만남을 가능하면 피해 왔다.

빠른 보폭을 계속 유지했다. 협곡 꼭대기에 올라서자, 낮게 깔린 아침 안개 위로 우뚝 솟은 키리냐가의 자줏빛 정상 두 개가 눈에 들어왔다. 키리냐가 뒤편 하늘은 벌써 잘 익은 망고 색으로 변하고 있었다. 그 햇살을 보고 있으니 언젠가 마미가 '새로운 태양이 새로운 시작을 가져온다.'고 말해준 것이 생각나 기운이 한결 났다. 지난밤 나는 차 안에서 그날 겪었던 일들을 머릿속에서 지우기 위해 노력했다. 하지만 그 기억들은 꿈까지 따라왔다. 무엇보다 마음을 아프게 했던 것은 카란자가 내뱉은 모욕적인 말이었다. 바바와 언쟁을 벌였던 지타우 형조차 바바를 배신자라고 부르지 않았던가! 어제의 고민을 잊기 위해 새들이 깨어나는 활기찬 소리에 귀를 기울였다. 이른 아침에 새들이 차례대로 지저귀는 소리를 듣는 게 얼마나 좋던지! 맨 처음 비둘기들이 구구거리며 아침을 열면, 후투티들이 뒤따라 지저귀었고, 다음엔 쥐새들이 찍찍거렸다. 새소리를 듣고 새를 알아보는 법을 목동으로 일할 때 배웠다. 그때는 삶이 훨씬 더 단순했었다.

갑자기 길가의 길게 자란 풀숲이 부산스러워져 흠씬 놀랐다. 다름 아닌 뿔닭 무리였다. 내가 자고 있던 새들을 깨운 모양이었다. 보폭을 유지한 채, 고개만 돌려 뿔닭들이 흩어지는 모습을 쳐다보았다. 놀라서 떼거지로 허둥지둥 줄행랑치는 모습을 보자 절로 웃음이 나왔다. 하지만 곧 혼비백산한 뿔닭처럼 공포에 사로잡혔다. 전방의 덤불에서 갑자기 두 남자가 모습을 드러내고 뚜벅뚜벅 걸어 나오는 게 아닌가! 눈앞에 나타날 때까지 그들의 낌새를 전혀 눈치 채지 못했고, 그들은 가만히 나를 기다리고 있었던 셈이었다. 일요일이었지만, 쉬는 일꾼들처럼 보이지 않았다. 그들 중 한 명은 지타우 형처럼 긴 군인 코트를 입었고, 짧은 드레드록 머리를 한 사람은 외투를 걸쳤다. 외투 아래 혁대에 꽂아둔 칼이 얼핏 보였다. 어쩌면 코트 속에는 총을 소지하고 있을지도 모른다. 몇 피트 떨어진 곳에서 멈춰 섰다. 그리고 겁먹었다는 것을 들키지 않도록 조심하면서 공손하게 인사했다.

"어디 가는 중이냐?"

롱코트가 별 뜻 없는 것처럼 흘리듯이 물었지만, 꼭 그렇지만은 않았다.

"집에 가는 중이에요."

숨을 평소처럼 쉬려고 노력했다. 이 두 사람에게 브와나의 자동차와 쪽지에 대해 알게 해서는 안 된다는 걸 직감적으로 알았다.

"집이 어디야?"

드레드록이 내 얼굴을 뚫어질 듯이 쳐다보았다. 드레드록의 분위기와 허스키한 목소리가 왠지 낯설지 않았다. 그 사람이 누군지 알 듯 말 듯 하였다.

"브와나 그레이슨의 농장이에요."

두 남자가 시선을 주고받았다.

"왜 너는 음준구의 농장을 네 집이라고 하는 거냐? 너는 바바

집에서 살지 않느냐? 네 이름이 뭐냐?"

드레드록이 따져 물었다.

"무고예요. 카마우의 아들입니다."

"그렇다면 자기 아버지가 빼앗은 음준구의 땅에서 음준구의 말을 돌보는 그 카마우를 말하는 거냐?"

나는 대답 대신 고개를 주억거렸다. 드레드록은 바바를 아는 사람이었다. 그 순간 불현듯 그 사람이 누구인지 생각났다. 드레드록은 맹세식이 있던 날 밤, 마당에서 나를 찾으려고 했던 바로 그 무히무 경비였다. 그날 밤과는 머리 모양이 달랐다.

"그래! 그렇다면 네가 와준구의 주방 토토구나!"

드레드록이 놀리듯 말했다.

"바바가 너에 대해 시시콜콜 내게 얘기했지."

드레드록은 바바를 잘 아는 사람인 것처럼 말했다.

"그런데 오늘 아침엔 왜 여기에 있어? 와준구에게 모닝 티를 끓여 바쳐야 하잖아."

롱코트가 다정하게 물었다.

"와준구가 네가 만든 차를 좋아하지 않니?"

입이 바싹 말라 마른침을 꼴깍 삼켰다.

"좋아해요. 그럼 전 이만 가 볼게요."

작은 소리로 말했다.

롱코트가 손을 재빨리 뻗더니 내 손목을 낚아챘다.

"근데 왜 너는 지금 여기에 있는 거지?"

움찔했다. 만약 사실대로 말하면, 뭔 사달이 벌어질지 알 수 없었다. 덤불 속에는 무장한 무히무가 더 있을지도 몰랐다. 그들은 아마도 나를 협박해 협곡까지 끌고 갈 것이다. 그들은 브와나 그레이슨의 뒤로 몰래 다가가서…… 꼬리에 꼬리를 무는 불길한 상상을 애써 억눌렀다.

"사실대로 말해. 그렇지 않으면 네 바바가 자식 농사를 잘못 지은 걸 땅을 치고 후회할 수가 있어."

드레드록이 경고했다. 그것은 동시에 바바에 대한 협박이기도 했다.

"어제 바바와 함께 흑인 전용 거주지에 갔었어요."

덜덜 떠는 모습을 들키지 않으려고 안간힘을 쓰면서, 아픈 고모를 병문안하러 갔었던 일을 설명했다. 브와나가 차로 데려다 줬던 일은 처음부터 머릿속에서 삭제하였다. 대신에 경찰이 고모부를 잡아간 일과, 그들이 전사가 되기 위해 숲으로 도망친 지타우 형과 마이나를 찾고 있어 큰일이라고 말했다. 다음 말을 생각하면서 막 머리를 굴리고 있을 때, 드레드록이 조바심치며 물었다.

"그러면 네 바바는 지금 어디에 있는 게냐?"

"막 말하려던 참이었어요. 빨간 모자들은 정말 악마 새끼들이에요!"

일부러 욕설을 했다. 그리고 새로운 이야기를 꾸며 냈다.

고모의 병문안을 마치고 나오는데, 경찰 경비들이 바바가 지타우 형의 바바란 사실을 알게 되어 정문에서 붙잡았다. 바바가 항의했지만, 경찰들은 바바를 심문하기 위해 유치장에 가뒀다고 했다. 결국 나는 혼자 집에 가게 되었는데, 시내를 거의 벗어날 때쯤, 보니 해가 떨어지고 있었고, 그래서 하릴없이 어느 가게 뒤에 숨어서 하룻밤을 보냈고, 오늘 아침 일찍, 지금 집으로 돌아가는 중이라고 꾸며 댔다.

"이게 아저씨들과 여기서 마주치게 된 이유죠. 전 어서 집에 가서 엄마에게 알려야 해요."

용기를 내 롱코트와 드레드록의 눈을 번갈아 쳐다보았다. 마치 물소 떼가 내 심장 안을 우르르 몰려가며 밟는 것 같았다.

"아이를 보내 줘라."

드레드록이 말했다. 롱코트가 손목을 놓아줬다. 드레드록이 나에게 마지막으로 덧붙였다.

"카마우의 아들, 무고여, 내가 곧 회합에 데려가마. 내가 직접 내 손으로 너를 데리고 갈 것이다. 준비하고 기다리고 있어. 너도 네 형의 뒤를 따르게 될 것이다."

"예."

드레드록이 말한 회합이 무엇을 의미하는지 알았다. 나 또한 이 싸카 나 위야씨를 위해 나를 바쳐야만 하는 것이다.

"다음에는 어둠 속의 숲이 무섭지 않게 될 거야."

롱코트가 말했다.

"여기는 우리 조상들의 땅이다. 이곳을 두려워해야 할 자는 오직 와준구뿐이야."

"명심할게요."

나는 찬찬히 읊조렸다.

두 사람에게 인사한 다음, 죽을힘을 다해 달리기 시작했다. 달리면서 주머니에 손을 집어넣어 보았다. 쪽지는 주머니 안에 그대로 있었다. 손가락으로 작은 코끼리를 쓰다듬었다. 만약 내 주머니를 보자고 했다면 이야기는 달라졌을 것이다. 어느 정도 달려가다가 뒤돌아볼 용기가 났을 땐, 이미 드레드록과 롱코트는 흔적도 없이 사라지고 없었다. 그들이 협곡으로 가지 않기를 간절히 빌었다. 만약 그들이 모든 진실을 알게 되면 문제는 심각하게 될 것이다. 바바에게 드레드록과 롱코트에게 한 거짓말에 대해 가능한 빨리 알려 입을 맞추어 놓아야겠다 싶었다. 바바는 이해해 줄 것이다. 하지만 지타우 형이라면 어떻게 생각할까? 형은 브와나의 차에 대해 무히무에게 말했어야지 하고 타박하지 않을까? 이런 의문들 때문에 마음이 불편했다. 그런 의문들을 떨쳐내려고 했지만, 그것들은 의심과 두려움으로 머릿속을 계속 맴돌았다.

브와나 그레이슨의 정문이 보일 때쯤에는 온몸에서 땀방울이 뚝뚝 떨어졌고 위가 아플 정도로 배가 고팠다. 어제 속이 좋지 않아 지금까지 아무것도 삼키지 못했다. 브와나 경위의 집은 2마일이나 더 떨어져 있기 때문에 계속 달려야 했다.

거의 탈진 상태였지만, 독수리의 날카로운 울음을 듣자 다시 정신을 차릴 수 있었다. 하늘에서 원을 빙빙 그리며 날던 독수리가 어딘가로 사라졌다가 다시 나타났다. 독수리는 내 머리 위를 맴돌고 있었다. 저 녀석은 뭘 기대하는 걸까? 무언가 떨어뜨리기를 기다리는 걸까? 그때 브와나 경위의 철문이 멀리서 반짝였다. 헐떡이는 숨소리만이 내 귀에 울려 퍼졌다. 두마가 사냥감을 쫓아 전력 질주를 했을 때처럼 헐떡였다. 마지막 질주를 할 때는 두 발바닥이 땅에 닿을 때마다 흙먼지가 뽀얗게 일었다.

　키가 아주 큰 두 사람이 정문 뒤에 서 있었다. 칠흑 같은 피부를 햇빛에 바랜 무명천으로 가린 투르카나족 경비가 총을 들어 올렸다. 멈추라고 소리쳤다. 전갈이 있다고 외치려 했다. 하지만 남은 숨도 없었고, 겨우 내뱉은 말도 신음처럼 들렸다. 무너지려는 몸을 간신히 지탱하며 정문까지 걸어갔다. 한 손으로 정문을 붙잡고, 다른 손으로 쪽지를 꺼내 문틈으로 내밀었다. 억세고 긴 손가락들이 손바닥에 놓인 쪽지를 쓸어 담듯 가져갔다. 그러자 마치 책임을 다한 듯 다리가 풀려 나는 그대로 땅으로 내려앉았다.

1953년 1월에서 2월까지

랜스의 계획

- 매슈 이야기

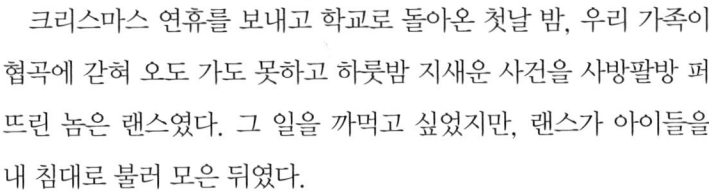

 크리스마스 연휴를 보내고 학교로 돌아온 첫날 밤, 우리 가족이 협곡에 갇혀 오도 가도 못하고 하룻밤 지새운 사건을 사방팔방 퍼뜨린 놈은 랜스였다. 그 일을 까먹고 싶었지만, 랜스가 아이들을 내 침대로 불러 모은 뒤였다.
 "우리 대장은 너네 가족과 함께 집으로 가길 원하셨어. 그렇지, 맷?"
 멋쩍게 고개를 끄덕여 주었다.
 "그럼, 형네 아빠가 뭔가 육감으로 안 거야?"
 어린 한 소년이 물었다.
 "우리 대장은 미신을 믿는 분이 아냐, 이 바보야! 그것은 대장이 군대에서 받은 훈련 때문이야. 우리 대장은 아비시니아에서 훈련을 받으셨는데, 덕분에 매복에 대해 모르는 게 없으시거든."

랜스가 큰소리를 쳤다.

"그래서 매슈네 아빠가 일꾼을 태우러 흑인 전용 거주지에 들르겠다고 했을 때, 정신 나간 짓이라고 생각하셨어! 다음은 네가 말해, 맷."

이제 랜스의 말을 멈추게 할 것은 아무것도 없었다. 얼굴이 붉게 물드는 것 같아 가능한 한 짧게 말했다. 그리고 아빠가 다른 사람들을 보호하느라 차 밖에서 경비한 일을 가능한 한 길게 활용했다. 하지만 아이들은 이미 랜스의 말에 매료되어 있었다.

"그 일꾼들은 키쿠유족이었어?"

"응, 하지만 그 두 사람은 다른 일꾼들과 차원이 달라. 카마우는 아빠의 마부, 아들 무고는 우리 집 주방 토토거든."

"그들이 매복 계획에 가담했을 수도 있잖아. 무섭지 않았어?"

"너희도 알다시피, 모든 키쿠유족이 마우마우를 지지하는 건 아니야!"

"만약 마우마우가 공격했다면, 차 안에서 너와 네 엄마를 목 졸라 살해했을지도 모르잖아."

"우리 차가 어디서 고장 날지, 그 두 사람이 어떻게 알겠니?"

짜증이 나 윽박질렀다.

"어쨌든, 우리는 아주 오랫동안 알고 지냈어."

"내 생각엔, 랜스네 아빠가 옳은 것 같아. 요즘 같은 세상에서는 아무도 믿어서는 안 되거든."

나이 많은 한 소년이 단호하게 말했다. 아이들이 너도나도 한마

디씩 거들었다.

"누군가 마우마우를 들여보내지 않았다면, 그놈들이 어떻게 곧장 거실로 뚜벅뚜벅 들어갈 수 있었을까?"

"메이클레존 가족을 살해한 마우마우들도 그 집 하인이 들여보내 준 거래."

"그 하인 놈도 마우마우 놈들과 함께 살인을 한 거나 마찬가지야."

"마우마우 놈들이 협박을 해서 강제로 열게 했다면?"

"그건 중요하지 않아. 어찌됐든 그 하인 놈이 마우마우 놈들을 도왔다는 거야."

"우리 아빠는 여섯 시만 되면 하인들을 모두 밖으로 내보내고 문단속하셔."

"우리 아빠도 마찬가지야."

랜스의 표정은 '내 말이 맞잖아!'였다. 나는 아무 말도 하지 않았다. 아이들의 부산한 말들이 잦아들기 기다린 랜스가 이야기를 이어갔다. 스미더스 경위는 구조 요청 쪽지를 들고 나타난 무고에게 자세하게 이것저것을 따져 체크했다. 랜스 말에 따르면, 구조 요청 쪽지조차도 '함정'일 수 있다는 것을 고려했다는 것이다. 랜스는 구조대에 합류했던 사실을 마냥 즐거워했다. 하지만 랜스의 목소리가 가장 극적으로 과장한 이야기는 랜스 아빠가 팀 소속 경찰 대원들과 함께 반 마일도 떨어져 있지 않은 같은 협곡에서 마우마우의 은신처를 발견했던 일이었다. 은신처에는 마우마우의 흔적들이 남아 있었다.

"너희 가족이 몰살당하지 않은 것은 정말 운이 좋아서였어. 그렇지, 맷?"

랜스의 목소리가 조용한 기숙사 안에 울려 퍼졌다. 내가 하도 어이가 없어 막 입을 열 때쯤, 계단에서 사감 선생님의 발소리가 들렸다. 잠시 뒤 선생님의 '소등!'이라는 외침 덕분에 아이들의 호기심이 초래한 위기에서 벗어날 수 있었다. 청중들이 각자의 침대로 뿔뿔이 흩어지자 화끈거리는 얼굴 위로 이불을 뒤집어썼다.

몇 주 뒤, 주말을 보내고 돌아온 랜스는 내가 알면 깜짝 놀랄 만한 소식이 있다고 은근슬쩍 내비쳤다. '내가 본 걸 네가 본다면, 너는 분명 간이 콩알만 해질 거야.' 나 '우리 대장이 알고 계신 걸 네 아빠가 알게 되시면…….' 과 같은 말을 흘렸다. 그러고는 '하지만 네게 정확하게 말해 줄 순 없어. 그것은 비밀이거든.'이라는 말을 덧붙여 내 호기심을 자극했다. 랜스의 그런 말들이 침대에 누워 있을 때마다 머릿속을 둥둥 떠다녔다. 농장에 계신 부모님이 걱정되었다. 요시야와 무고는 대개 8시까지 집에 남았다. 마우마우들이 안쪽과 바깥쪽의 경비들을 모두 처단해 버리면 어떻게 될까? 요시야가 자발적으로 마우마우를 돕는 모습을 상상할 수 없었다. 하지만 놈들이 머시를 인질로 잡은 다음, 요시야가 문을 열지 않으면 머시를 죽이겠다고 협박하면 과연 문을 열지 않을 수 있을까? 아내를 죽인다는 말 앞에서 요시야가 어떻게 행동할지 확신할 수 없었다. 사실 요시야보다 무고를 더 믿을 수 없었다. 협곡에서 하룻밤을 보낸 뒤부터 무고는 거의 웃지 않았다. 생각이 딴 데 가 있는 사람처럼 시선이 항상 먼 어딘가에 맺혀 있었다. 그리고 밖에 나가서 놀자, 과수원에서 불불을 사냥할래, 크리켓을 하자, 두마의 털 속에 있는 진드기를 잡자고 할 때마다 무고는 요시야가 뭐라고 말하기도 전에 먼저 핑계를 만들었다. 무고를 변화시킨 게 뭔지 걱정되었다. 다음에 집에 가면 부모님과 무고에 대해 자세히 논의를 해 보자 싶었다.

중간 방학이 이틀밖에 남지 않은 어느 저녁, 랜스는 자율 학습 시간에 전화를 받으라는 호출을 받았다. 잠시 뒤 교실로 돌아온 랜스는 내게 쪽지를 건넸다.

엄마에게 온 전화였어.
네가 우리 집에서 우리 가족과 함께 주말을 보내게 됐대!
정말 잘됐다!

랜스가 윙크했기 때문에 나 또한 윙크해 줬다. 하지만 남은 자율 학습 시간 동안 무언가 잘못됐다는 걱정에 라틴어 동사 변화가 외워지지 않았다. 왜 엄마는 내게 전화를 해 의사를 묻지 않은 것일까?
자율 학습이 끝나자 엄마로부터 전화가 왔다.
"아빠하고 엄마가 금요일에 나이로비에 꼭 가야 할 일이 생겼어. 그래서 엄마가 랜스 엄마한테 금요일 하룻밤만 재워달라고 부탁했단다. 그랬더니 랜스 엄마가 차라리 주말 내내 자기 집에서 묵는 게 어떻겠느냐고 제안했어. 엄마는 네가 신 날 거라고 생각했단다!"

엄마의 목소리는 유쾌했다.

"랜스가 벌써 말해 줬는걸요."

힐난조로 말했다.

"그런데 나이로비엔 왜 가는 거예요?"

엄마의 떨리는 목소리에서 불안을 느꼈다.

"얘야, 별일 아니야! 네 할머니가 영국에 땅이 있잖아. 그 땅 때문에 법적으로 처리해야 할 서류가 몇 가지 있단다. 일요일에 데리러 갈게. 아빠하고 엄마도 점심 초대를 받았거든. 엄마는 네가 랜스네 집에서 너무 재밌게 놀아 일요일에 집으로 안 돌아가겠다고 할까 봐 걱정이구나!"

엄마가 살짝 웃음을 흘렸다.

나는 엄마가 먼저 주말을 랜스와 보내고 싶은지 내 의사를 물어봐야 하지 않느냐고 따지고 싶었다. 그 대신에 화제를 바꿔 두마가 잘 있는지와 그 외 '특이한 소식'은 없는지에 대해 물었다. 엄마는 아무 문제 없이 잘들 있다고 했다. 시아푸[25]가 침입한 거 빼놓고는. 한밤중에 소리도 없이 침입한 시아푸들이 아침이 될 때까지 새로 산 병아리 상자 열 개를 모조리 갉아먹어 치웠다고 했다. 병아

---

25) '군대개미'를 의미하는 스와힐리어. 보통 2~3천만 마리가 집단을 이루며, 주로 벌레를 잡아먹지만 닭이나 염소, 심지어 어린아이나 움직이지 못하는 사람까지 먹어 치우기도 한다.

리의 끔찍한 학살에 대해 더 자세하게 얘기해달라고 졸랐지만, 엄마는 그만 끊어야 한다고 했다.

랜스가 나와 함께 주말을 지내게 된 사실을 진심으로 기뻐했기 때문에 금방 기분이 풀렸다. 랜스는 새 공기총 킹 1000샷 에어 라이플을 사용해도 좋다고 했다. 만약 랜스 아빠가 경찰 업무가 없다면 사냥에 데려갈 수 있다고도 했다. 하지만 랜스가 계획한 또 다른 일이 있었다. 랜스는 주말에 모험을 하게 될 거라고 힌트를 주었다.

"그게 뭔지는 말해 주지 않을 거야, 맷."

조례 시간에 '주님 지으신 솜씨'를 부르는 동안 랜스가 속삭였다.

"하지만 너는 평생 그 일을 잊지 못할걸."

그때 무릎으로 랜스를 쿡 찔렀다. 검은색 외투를 입고 돋보기안경을 쓴 파울러 선생님이 교단 위에서 우리 둘을 계속 노려보고 있었기 때문이다. 그래서 난 일부러 더 입을 크게 벌려 노래를 불렀다.

'저 장엄한 산들과
저 흐르는 강물 ……'

이 부분은 가장 좋아하는 소절이었다. 파울러 선생님의 시선이 다른 곳으로 옮겨 갔다. 이번엔 랜스가 나를 팔꿈치로 쿡 찔렀다. 우리들은 누가 더 큰소리로 노래 부를 수 있는지 내기라도 하는 것처럼 목청껏 노래를 불렀다.

| 나는 한 번이라도 뜨거웠을까? |

'아침햇살과 저녁놀
주 영광 노래해.'

어쨌든 랜스와 함께 보내는 주말은 즐거울 것 같았다.

비밀 조직
- 매슈 이야기

스미더스 농장에 도착한 시각은 금요일 해가 떨어지기 직전이었다. 그래서 집과 내부 보안 펜스에서 개들과 잠깐 뛰어놀 시간밖에는 없었다. 개들과 점프가 전부인 놀이에서 일부러 뒤쳐지며 랜스가 앞장서게 했다. 랜스의 로디지안 리즈백과 검은색 도베르만을 무서워한다는 사실을 죽어도 인정할 수 없었다. 랜스네 집을 방문할 때마다, 이 두 녀석은 내가 익숙해질 때까지 달려들어 사납게 코를 벌름거렸다. 스미더스 경위는 그 녀석들이 그렇게 훈련받았기 때문이라고 말했다. 경위는 자신의 개들이 철저하게 공격적인 성향을 띠기를 원했다.

6시가 되자, 집 안에 있던 하인들이 우르르 투르카나족 경비들이 지키는 첫 번째 울타리의 문으로 무리지어 걸어갔다. 랜스의 아빠가 우리 둘에게 들어오라고 소리치자 개들이 먼저 껑충 뛰어갔다. 경위는 문을 잠근 다음 그 위에 철로 만든 커다란 빗장을 걸었다. 그 빗장은 출입구 전체를 봉쇄했다.

식당에 들어가자 이미 냉육과 샐러드, 디저트용 트라이플 등이 차려져 있었다. 뱃가죽이 등짝에 붙을 지경이었지만, 식사 예절을 잊지 않았다. 스미더스 부인이 학교생활을 물어봤을 때, 입 안에 음식물을 물고 대답하지 않으려고 애썼다. 스미더스 경위는 대화를 흘려듣는 것 같았다.

세상의 모든 아빠는 '우리 아빠와 비슷하구나.' 싶었다.

차이점은 우리 아빠는 농장 일에 정신이 팔렸고, 랜스네 아빠는 경찰 업무에 정신이 나간 정도였다.

복도에서 전화벨이 울렸을 때, 다들 식탁에 앉아 있었다. 랜스가 뛰어가서 전화를 받았다. 몇 초 뒤 되돌아왔다.

"긴급 전화예요! 모리슨 아저씨예요!"

스미더스 경위가 재빨리 자리에서 일어날 때, 랜스는 내게 눈썹을 치켜 올렸다. 스미더스 부인은 학교생활에 대해 계속 물어보려고 했지만, 경위가 식당으로 돌아오자 중간에 말을 멈출 수밖에 없었다. 경위는 짧게 상황을 설명했다. 모리슨네 개들이 10분 동안 계속 짖어 대는 걸 보니 침입자가 있는 걸로 판단되는데, 지역 담당 경찰서에는 아무도 전화를 받지 않는다는 것이다. 그들은 북서쪽으로 약 6마일 떨어진 곳에 살고 있었다.

"내가 가봐야 할 것 같소. 문단속 철저하게 하도록 하오."

식당을 빠져나가면서 경위가 스미더스 부인에게 말했다.

"여보, 몸조심하세요!"

스미더스 부인이 경위의 등에 대고 말했다.

언뜻 보기에 부인의 입술이 약간 떨리는 것 같았다.

"출발하기 전에 대장은 금고에서 총과 탄약을 챙기실 거야."

랜스가 은밀하게 속삭였다.

랜스는 엄마가 경위 뒤에서 문에 빗장을 채우는 걸 도왔다. 잠시 다들 입을 닫고 있었다. 지프의 시동이 걸리는 소리와 경비들이 첫 번째 울타리 문을 여는 소리에 다들 귀를 기울였다. 랜스가 정적을 깼다.

"엄마, 아빠가 대원들을 데려가겠죠, 그렇죠?"

"아마 그러실 거야."

"대원들이 어디에 있는데?"

호기심이 발동한 내가 호기심을 억누르지 못하고 물었다. 가장 가까운 파출소도 이곳에서 수마일 떨어진 곳에 있었다.

"아, 여기서 그다지 멀지 않은 곳에 있어."

랜스가 랜스 엄마를 슬쩍 쳐다보았다.

"우리 모노폴리 하지 않을래?"

랜스가 갑자기 화제를 바꾸었다.

랜스 엄마가 이제 잘 시간이라고 할 때까지 경위는 집에 돌아오지 않았다. 랜스의 침실 창문은 집 정면으로 나 있었다. 랜스는 아무렇지 않은 척했지만, 불안해 했다. 파자마로 옷을 갈아입는 사이에도 세 번이나 커튼 끝을 들어 올려 밖을 내다봤다. 모험에 대해 그렇게 많은 힌트를 흘렸던 랜스가 불을 끈 다음 고분고분 이층 침대로 올라가 잘 자라고 인사하자, 어이가 없었다.

나는 한동안 잠들지 못했다. 하마의 거친 울음이 우리 집에서보다 더 가깝게 들렸다. 우리 농장과 랜스네 농장 사이에는 강이 흐르고 있었다. 어떤 주말을 보내게 될지 달떴었다. 벌써 두마가 보고 싶었다. 스미더스 경위가 밤에 나갈 거라는 것을 알았다면 과연 엄마는 랜스네 집에 나를 맡겨 놓았을까? 나는 밤에 엄마와 나만 남겨 두는 아빠를 상상할 수 없었다.

밤새 잠들지 못할까봐 걱정하는데, 위 칸에서 랜스가 뒤척였다.

"자니, 맷?"

랜스가 작은 소리로 물었다.

"잠이 오지 않아."

"나도 그래."

위 칸에서 내려온 랜스는 까치발로 방을 가로질러 걸어갔다. 잠시 뒤 서랍이 열리는 소리와 랜스가 무언가를 찾아 더듬는 소리가 들렸다. 갑자기 불빛이 얼굴로 쏟아졌다. 눈을 깜박거렸다.

"이제 너는 내 손 안에 있다!"

랜스가 장난을 쳤다. 그러고는 손으로 눈을 가릴 때까지 손전등을 계속 비췄다.

"꺼, 랜스!"

"쉿! 엄마가 들으시겠어!"

랜스가 손전등을 내려놓았다.

"잘 들어, 맷. 내일 하려고 했는데, 지금 하는 게 좋을 것 같아. 우리가 조심만 한다면 내 아지트 대신 이 침실을 사용해도 되거든."

"무슨 일을 말이야?"

"비밀 조직."

"무슨 소리야?"

"비밀 조직을 만드는 거야. 너와 나 둘이서만. 어떻게 생각해?"

이게 무슨 소리인가 싶어 일어나 앉았다. 예상 밖의 말이었다.

"비밀 조직을 만들어서 뭐 할 건데?

"우리가 하고 싶은 일은 뭐든지! 중요한 건 서로에게 충성과 비밀을 지킬 것을 맹세해야 한다는 사실이야. 그리고 그 맹세를 절대 어기지 않겠다고 맹세도 해야 해."

주먹을 꽉 쥐는 바람에 손톱이 손바닥을 찔렀다. 신중할 필요가 있었다.

"어때?"

랜스가 다시 한 번 재촉했다.

"그 맹세는 영원한 거야?"

"응, 그게 제일 중요한 거야."

랜스는 자신에게도 확인하려는 듯 힘주어 말했다.

"왜 그래? 네가 쫄았다면, 다른 친구를 구할 거야! 환호성을 지르고 난리를 떨 줄 알았더니!"

"물론 난 기뻐! 단지 생각 좀 해보고 싶었을 뿐이야."

"그래서?"

"좋아, 우리 둘이서 비밀 조직을 만들자."

만약 내가 그때 다른 말을 했더라면 랜스는 계집애라고 놀렸을 것이다.

우리 둘은 방 한가운데 마주보고 앉았다. 둘 사이의 받침 접시에는 양촛불이 깜박이고 있었다. 랜스가 주머니칼의 칼날을 불꽃에 대고 몇 초 동안 달구었다. 그리고 칼을 뒤집어 반대쪽 날도 달구었다. 그런 다음 검지를 불꽃에 가까이 가져갔다. 그러고는 손가락 끝 부분을 재빨리 그었다. 움츠러들지 않으려고 노력했다. 피를 보기만 해도 속이 메스껍기 때문이다. 랜스의 상처에서 피가 흘러나왔다. 핏방울이 불꽃 위로 떨어졌다. 불꽃은 지지직거렸지만 꺼지지는 않았다. 랜스는 베인 손가락을 입에 물고 빨기 시작했다.

"이번엔 네 차례야."

랜스가 칼을 내밀며 말했다.

"먼저 칼을 불로 지져."

칼날을 촛불로 달구는 동안 손이 떨리지 않기만을 빌었다. 졸지에 나와 내 손은 랜스의 현미경 아래에 놓인 셈이었다. 만약 이 시험을 통과하지 못하면 랜스와의 우정은 산산조각 날 것이다. 그리고 랜스는 놀려 먹을 것이다. 학교도 제대로 다닐 수 없을 것이다. 숨을 멈춘 다음 칼을 쥐지 않은 손을 들어올렸다. 그러고는 랜스가 했던 것처럼 검지 끝부분에 날을 대고 휙 그었다. 순식간에 통증이 머리까지 뻗쳤다. 피가 불꽃 위로 떨어지기를 기다리는 동안 혹시나 신음이 샐까봐 이를 앙다물었다. 오직 피가 떨어져야 베인 부위에 입술을 대고 누를 수 있었다. 몇 년 전 카마우와 함께 숲을 걸었을 때, 카마우는 깨꽃이 감염을 예방하는 데 유용하다고 가르쳐줬었다. 지혈을 하는 랜스의 눈을 마주보았다. 두 사람은 각자 손가락을 입에 문 채 한동안 서로를 바라보았다. 잠시 뒤 랜스가 스카우트 단원처럼 상처가 난 손의 반대 손을 들어 올렸다. 나도 따라 했다. 그리고 두 사람은 불꽃 위에서 손바닥을 마주 댔다.

"나를 따라해."

랜스가 말했다.

"내가 이 조직의 단원으로부터 도움이나 지원을 요청받을 경우……."

"내가 이 조직의 단원으로부터 도움이나 지원을 요청받을 경우……."

"밤이든 낮이든 언제든지, 도울 것이다. 그렇지 않으면……."

"밤이든 낮이든 언제든지, 도울 것이다. 그렇지 않으면……."

"이 맹세의 이름으로 죽어도 좋다."

너무 과격한 말에 놀라서 나도 모르게 손가락을 입으로 가져갔다. 아이들이 '맹세를 어길 경우 죽어도 좋아.'라고 약속할 때 보통 진담이 아니다. 하지만 랜스는 정말 심각했다.

"이 맹세의 이름으로 죽어도 좋다."

하릴없이 따라 읊조렸다. 랜스에게 겨우 들릴 정도로만.

랜스는 더 독한 맹세를 하기 시작했다. 그것은 죽는 한이 있어도 누구에게도 비밀 조직에 대해 발설하지 않겠다는 맹세였다. 내가 맹세할 때, 차가 집으로 다가오는 소리가 들렸다. 랜스가 재빨리 촛불을 훅 껐다. 그러고는 커튼 틈새로 밖을 내다보기 위해 창가로 달려갔다.

"대장이 돌아왔어! 어서 침대에 누워서 잠든 척해!"
"이불에 피가 묻으면 너희 엄마가 화내시지 않을까?"
"아직도 피가 나?"

랜스가 서랍을 뒤지더니 손수건을 찾아 주었다. 그것으로 상처 부위를 단단히 감았다.

우리 둘은 침대로 가서 누웠다. 개들이 짖는 소리, 엔진이 꺼지는 소리, 현관문의 빗장이 열리는 소리, 소곤거리는 소리 그리고 무거운 발자국 소리를 들을 수 있었다. 랜스의 침실 문이 조용히 열렸다. 나는 눈을 꼭 감았다.

"아빠? 잠이 안 와요! 그런데 잡은 사람 있어요?"

랜스는 잔뜩 흥분한 목소리로 일어나 말했다.

"쉿! 너 때문에 매슈가 깨겠구나. 아침에 다 말해줄 테니 어서 자거라."

스미더스 경위가 문을 닫았다.

랜스가 베개를 주먹으로 내리쳤기 때문에 침대 위 칸이 흔들렸다.

"왜 지금 말을 못 하는 거야? 난 어린애가 아니라구."

랜스가 거칠게 주절거렸다. 아무 응답도 할 수 없었다. 지쳐서 잠에 곯아떨어지기 일보 직전이었던 것이다.

아침 식사 때 랜스 엄마가 다친 손가락을 보았다. 이제 피는 나지 않았지만, 부어올랐고 쓰렸다. 부인은 욕실에 가서 상처를 치료해야 한다고 고집을 굽히지 않았다. 치료를 하면서 어쩌다 베였느냐고 물었다. 접힌 랜스의 칼을 펴다가 실수로 베였다고 둘러댔다.

손가락에 밴드를 붙이고 돌아온 나를 보자 랜스는 싱긋 웃었다. 랜스의 베인 부위는 벌겋게 곪지 않아서 별로 눈에 띄지 않았다. 그런데도 랜스는 계속 그 부분을 교묘하게 감추었다.

"아빠는 어디 계세요?"

랜스가 물었다.

"우리를 사냥에 데려가 주신대요?"

"너희가 자는 사이 일찍 집을 나가셨단다."

랜스가 '끙!' 하고 앓는 소리를 냈다.

"지난밤 일에 대해 아침에 말씀해 주시겠다고 약속하셨는데!"

"얘야, 아무 일도 없었다는구나. 모리슨 씨네 가족은 모두 별고가 없다고 하더라. 아빠는 모든 게 이상 없는지 다시 한 번 확인하러 가신 것뿐이란다."

부인은 말해 주고 싶은 것보다 더 많은 일들이 있을 경우에도 우리 엄마가 그러는 것처럼 생략하고 있었다. 랜스가 더는 캐묻지 않자 좀 의아했다. 그 자리에 하인이 있었기 때문인지 궁금했다. 하인은 무고 또래의 킵시기족 소년이었다. 소년은 프라이팬 안에서 익힌 베이컨과 계란 요리를 주방에서 가져와 세 사람의 접시에 덜어 놓고 있었다. 랜스는 엄마에게 나와 함께 낙농장에 가도 되는지 물었다.

"매슈에게 새 서섹스산 암소를 보여 주고 싶어요. 매슈, 그건 정말 엄청나게 커! 그리고 곧 수소도 올 거야! 타이타닉 레이디를 위한 타이타닉 맨인 거지!"

랜스가 윙크를 날리며 기꺼워했다.

"아빠가 돌아오실 때까지 너희 둘은 집 근처에서만 놀았으면 좋겠구나."

"별일 없을 거예요."

랜스는 엄마에게 항의했다.

"대낮이라고요! 그리고 아빠도 가라고 했을 거예요! 몇 시까지 돌아와야 하는지만 말해주세요. 그때까지 꼭 돌아올게요. 약속해요!"

"일단 하고 싶은 일이 생기면 너도 네 아빠만큼 고집이 쇠고집이구나."

스미더스 부인이 한숨을 내쉬었다.

"고작 낙농장이라고요, 엄마! 아빠가 숲을 베어 버렸기 때문에 집에서도 환히 보이잖아요."

"그래, 가도 좋아. 하지만 11시까지는 꼭 돌아와야 한다. 됐지?"

속으로 웃음이 났다. 랜스가 내게만 압박을 가하는 것이 아니었다. 아마도 랜스가 그렇게 할 수 없는 사람은 오직 경위뿐일 것이다.

경비들이 서 있는 정문을 지나자마자 나와 랜스는 낙농장을 향해 달렸다. 4분의 1마일 정도의 덤불을 쳐 버렸기 때문에 경위 집에 접근하는 사람은 누구든지 쉽게 눈에 띄었다. 오직 휜가시아카시아나무 몇 그루만이 팡가를 피할 수 있었다. 낙농장은 평지보다 약간 낮은 경사면에 있었다. 그 너머의 숲은 원래의 모습을 유지하고 있었다. 소들을 방목하는 곳은 풀길이가 짧았다. 하지만 낙농장

오른편은 소들이 풀을 뜯어먹기 어려운 지대인 데다가 덤불도 더 억셌고 풀들의 길이도 훨씬 길었다.

우리 둘은 나란히 달려갔다. 하지만 자드락을 내려가는 동안 랜스가 앞서 달리기 시작했다. 작은 배낭이 등에서 간닥거렸다. 랜스는 낙농장에서 방향을 바꾸어 가시배선인장 사이로 난 돌투성이 길을 따라 달렸다.

"타이타닉 레이디 보러 가는 거 아니야?"

숨을 참으며 물었다.

랜스는 질문에는 대답도 안 했다. 분명 다른 일이 있었다.

"어디 가는 건데?"

"걱정이랑 좀 접어둘래!"

랜스가 어깨 너머로 소리쳤다.

"그냥 따라와!"

더는 말을 붙이지 않았다. 계속 달렸기 때문에 심장이 빠르게 뛰었다. 랜스는 덤불이 가장 빽빽한 곳을 찾고 있었다. 랜스는 자신만만해 했지만, 나이로비에서 자라 숲에 대해 잘 모르는 것 같았다.

풀이 허리 높이까지 오는 곳에 다다르자 랜스는 속도를 줄였다. 그곳은 습격받기 딱 좋은 장소였다.

"왜 이쪽으로 가는 건데?"

결국 랜스의 어리석음에 화가 치밀었다.

"우리는 총도 갖고 있지 않잖아!"

"진정해, 맷. 고작 낙농장에 간다면서 총을 가져간다고 엄마에게 금고 열쇠를 달라고 해 봐라, 일이 어떻게 되겠니? 안 그래?"

랜스가 실실 웃었다.

"정말 가 볼 만한 곳이야. 날 믿어. 다 왔어!"

"도대체 어딘데?"

불만스러운 목소리로 물었다.

"네가 영원히 잊지 못할 곳!"

잠시 뒤 랜스가 몸을 낮추었다. 그러고는 내게도 몸을 숙이라고 손짓했다.

"대갈통, 아니 머리를 집어넣고 있어."

랜스가 명령했다.

그 상태로 두 사람은 앞으로 기어갔다. 랜스는 가끔 고개를 들어 주변을 살폈지만, 내가 고개를 들 때마다 숙이라고 했다. 마침내 방향을 틀었고 내게 따라오라고 손짓했다. 우리 둘은 예전에 카마우가 조심하라고 했던 작은 독화살나무 덤불 뒤를 지나고 있었다. 그 나무의 나뭇잎, 껍질 그리고 뿌리는 약도, 독도 다 될 수 있었다. 랜스는 가방을 뒤져 쌍안경을 꺼냈다.

"여기서는 뭐든 보이니까."

랜스가 속삭였다.

"넌 아직 고개 들지 마."

랜스는 독화살나무 옆의 풀들을 제치고 엎드려 누워 쌍안경을 눈에 댔다. 그 옆에 쭈그리고 앉아 매미 수백 마리가 귀청이 떨어질 듯 울어 대는 소리를 들었다. 무고는 수컷 매미가 시끄럽게 우는 것은 암컷을 유혹하기 위해서라고 말했다. 하지만 내게는 매미들이 미쳐가는 소리로만 들렸다.

쭈그리고 앉아 매미 울음을 듣다가 나는 갑자기 장난기가 발동했다. 랜스의 지시를 어기면 무슨 일이 일어날까 궁금했다. 그때 랜스가 기어서 돌아왔다. 랜스는 쌍안경을 쥐고 있던 왼손을 내밀었다. 하지만 망원경을 건네기 전에 손바닥이 보이도록 오른손을 들어 올렸다.

"명심해."

랜스가 숨을 골랐다.

"절대 다른 놈들한테 말해서는 안 돼."

마지못해 손을 들어 올렸다. 우리 두 사람은 손바닥을 마주 대었다. 내가 엎드려 자세를 취했다. 풀 사이로 쌍안경을 들이민 다음 두 눈을 렌즈에 갖다 댔다. 처음에는 흐릿한 둥근 잿빛 형체밖에 보이지 않았다. 그러나 초점 조절 나사를 돌리자 가시철조망 울타리가 선명하게 보였다. 특별할 건 없었다. 하지만 그 순간 울타리 위로 우뚝 솟은 감시탑이 눈에 들어왔다. 감시탑의 망루에는 경비 두 명이 총을 들고 서 있었다. 울타리 뒤편을 본 내 머리에는 충격이 파문처럼 번져나갔다. 그 모습은 유럽에서 일어난 전쟁 사진과 흡사했다. 많은 사람들이 가시철조망 뒤에서 무리지어 어딘가로 이동하고 있었다. 2차 대전이 끝난 뒤 영국에서 부모님이 구입한 잡지에서 봤던 사진 속의 모습과 거의 똑같았다. 감시탑이 나무가 아니라 콘크리트와 강철로 지어졌다면, 나치의 강제 수용소 모습일 것이다. 꽤 먼 거리였지만, 수용소 안의 낮은 건물 옆에 서 있는 지프 한 대가 눈에 들어왔다.

"뭐야?"

랜스에게 돌아와 물었다.

"이건 초일급 비밀이야."

랜스가 말했다.

"우리 대장이 마우마우들을 솎아내기 위해 사람들의 신원을 면밀히 조사하는 중이야. 내 생각엔 모리슨네 일꾼들도 저기에 있을 거야. 집 안에서 일하는 하인들도 말이야."

"너희 아빠는 왜 저 사람들을 경찰서에 데려가지 않아?"

혼란스러웠다. 스미더스 경위는 경찰예비대에 소속되어 있었고, 도시에는 유치장이 있었다.

"이곳이 조사하기 편하거든. 우리 대장 팀이 여기를 책임지고 있어. 우리 대장은 성과를 올리는 중이야."

랜스가 자랑스럽게 말했다.

"마우마우 한 명을 찾아내면 너희 아빠는 어떻게 하시는데?"

"야, 한 명이 아니야! 수백 명이라고! 저놈들 대부분이 마우마우라고! 대장은 눈만 보고도 마우마우인지 알 수 있대. 마우마우로 확인된 놈들은 감옥이나 정부 수용소로 보내져. 트럭이 놈들을 실어 나르고 있지."

"그러면 왜 저 수용소가 비밀인 건데?"

끈질기게 물고 늘어졌다.

"트럭을 보냈다면 정부가 수용소에 대해 아는 거잖아."

"정부는 공식적으로는 수용소에 대해 몰라. 하지만 그들이 성과를 얻으려면 우리 대장에게 의지할 수밖에 없어. 넌 정말 눈치코치가 없구나, 맷!"

랜스는 머리를 절레절레 흔들어댔다. 나를 무시하는 랜스의 말투에 화가 났다. 멍청하다면서 왜 나랑 비밀 협약을 맺었지? 쌍안경을 랜스에게 돌려줬다.

"낙농장으로 갈래."

퉁명스럽게 말했다.

"타이타닉 레이디가 보고 싶거든."

내가 땅을 박차고 일어섰다. 그 순간 랜스가 다리를 잡고 아래로 끌어당겼다. 쌍안경이 땅으로 떨어졌다.

"바보야! 경비병들이 본단 말이야."

"상관없어! 놔줘!"

다리를 빼내려고 했지만 랜스는 힘을 준 채 놓지 않았다. 내가 버티면서 다리에 힘을 주자 결국 우리들은 뒤엉키고 말았다.

"좋아."

랜스가 헐떡이며 다리를 놓아줬다.

"그만 돌아가자. 대신 머리는 계속 숙이도록 해! 우리가 여기 왔었다는 걸 대장이 알면 우리는 그 자리에서 끝장이야."

머리를 들지 않았지만 엉거주춤 일어나서 걸어갔다. 랜스는 쌍안경을 주워 든 다음 내 뒤를 따라왔다. 랜스에게 한 방 먹였다는 생각에 기분이 조금 풀렸다. 하지만 고개는 계속 숙이고 걸었다. 스미더스 경위에게 걸려 '끝장나고' 싶지 않았기 때문이다.

1953년 3월

비난
– 무고 이야기

나는 한 번이라도 뜨거웠을까?

지타우 형을 걱정하지 않는 날은 단 하루도 없었다. 형과 마이나는 숲에 무사히 도착했을까? 지금 뭐하고 있을까? 살아 있기는 한 걸까? 바바가 마미에게 지타우 형 근황을 전했을 때 처음에는 마미가 아무 말이 없었다. 하지만 나중에 바바가 화를 내며, "지타우는 이제 호적에서 파버린 놈이라고."라고 푸념을 늘어놓자, 엄마의 격한 반응에 나는 그만 소스라치게 놀라고 말았다.

"너무 야멸치게 뭐라고 하지 마세요. 당신이 지타우처럼 피가 끓을 때, 당신은 어떻게 했어요?"

그러나 그날 저녁 자꾸 무거운 정적이 내려앉았다. 고모부의 소식은 아무것도 들어오지 않고 있었지만, 전국에 새로운 임시 수용소가 계속 세워지고 있다는 말들은 계속 나돌았다. 와준구의 농장에서 살던 키쿠유족들이 쫓겨나 강제로 보호 구역으로 이송되고 있다는 이야기도 들렸다. 가끔 시간이 나면 길 따라 정문에 나가 봤다. 투르카나족 경비 옆에 앉아 남녀노소를 가리지 않고 키쿠유족들을 빽빽이 싣고 지나가는 트럭들이 보였다. 트럭이 지날 때마다 철망에 갇힌 사람들 가운데 아는 얼굴이 있는지 눈알을 팽팽 돌려 보았다. 하지만 트럭들이 죄다 휙휙 지나갔기 때문에, 먼지가 사람들의 얼굴에 화난 얼룩만을 남길 뿐이었다.

투르카나족 경비들에게 말을 걸어 보았다. 전부터 어떤 사람들인지 궁금했지만, 무섭게 생겨서 말을 걸지 못했다. 용기를 한번 내 보았는데, 의외로 그들은 지타우 형보다 나이도 별로 많지 않고, 스와힐리어를 조금 할 줄 알았다. 투르카나어를 가르쳐달라고 부탁했더니, 대신 키쿠유어를 가르쳐달라고 했다. 가끔 할아버지의 땅을 훔쳤던 와준구를 지키는 일로 임금을 받는 사람들과 말을 섞는 나를 보면 형이 뭐라고 할지 궁금했다. 모든 일이 혼란스러웠다. 경비들은 여기에 오기 전에는 사막 모래에 둘러싸인 북쪽 큰 호수 근처에 살았다고 했다. 그곳은 일 년 내내 비 한 방울 구경하기조차 힘들어, 소들이 앙상한 뼈를 드러내고 있다고 한다. 가족은 찢어지게 가난하고, 학교에 다닐 수도 없었다고 했다. 집이 그립지만, 돈이 없어 집을 떠나 와준구를 위해 일해야만 한단다. 그들은 이곳에 온 지 얼마 되지 않아 사람들이 자기들의 일을 증오한다는 것을 깨달았다. 그건 정말 자신들을 외롭게 하는 일이었다.

나 또한 외로움이 뭔지 알았다. 낮에는 주방 안이나 그 근처를 빙빙 돌며 보냈다. 요시야는 그 사이에 엄청 늙은 것 같았다. 요시

나는 한 번이라도 뜨거웠을까?

야는 그날의 메뉴를 맴사힙과 의논하거나 나에게 일을 시킬 때를 제외하면 거의 입을 열지 않았다. 심지어 아내 머시가 주방에 와서 말을 걸어도 요시야는 단답형으로 말을 받았다. 두 사람이 집에서도 그렇게 말이 없는지 궁금했다. 요시야의 눈을 몰래 흘낏 볼 때마다, 두 눈에 서린 고통이 보였다.

예전에는 '쉬는 시간'이 되면 일꾼들 숙소로 내빼거나, 방목하는 숲으로 친구를 찾아갔다. 하지만 지난 한 해 동안 상황이 바뀌어도 너무 바뀌었다. 동갑내기 친구들에게 가까이 가도, 그들은 데면데면하게 굴었다. 친구들이 나를 신뢰하고 있지 않음을 느낄 수 있었다. 그들은 내가 맹세를 하지 않았다는 사실을 아는 듯했다. 매일 밤 늦게까지 깨어 있었다. 쉽게 잠들 수 없었다. 침대에 누워 드레드록이 가시철조망을 뚫고 데리러 올까봐 걱정이 되었다. 스미더스 경위가 브와나의 자동차가 고장 난 장소로부터 멀지 않은 곳에서 무히무의 비밀 은신처를 발견했음을 들었다. 하지만 내가 아는 한 그들은 아무도 붙잡지 못했다. 드레드록과 롱코트가 거짓말을 눈치챈다면 어떻게 될까? 그들은 브와나의 가족을 비호했던 나를 절대 용서하지 않을 것이다. 가장 두려운 일은 그들이 바바와 다른 사람들을 시험하는 것이었다. 하인과 일꾼들이 음준구를 배신하고 문을 열고 있다는 사실은 누구나 알았다. 하인들은 직접 자신의 칼로 문을 땄다. 모든 게 무서웠다. 하지만 한 가지는 확실했다. 바바가 무슨 맹세를 어떻게 했든, 바바는 브와나와 그의 가족에게 해를 끼치느니 차라리 무히무에게 자기 자신을 먼저 처단하라고 말할 게 분명했다.

거의 세 달이 지나가는데도, 드레드록이 방문하지 않자, 나도
이제 그들이 사실을 알고 있다는 생각이 들었다. 사실을 알기 때문
에 나를 찾아오지 않는 것이다. 그들 눈에 나는 이미 배신자였다.
작은 브와나가 '부활절 방학' 때 집에 온다는 멤사힙의 말을 듣는
순간, 가슴 깊숙한 곳에서 기쁨이 용솟음쳤다는 사실을 알면 분명
그들은 한 번 더 나를 배신자로 낙인찍었을 것이다. 나도 모르게
저절로 입이 함박 만하게 찢어졌다가 계면쩍어서 입을 황급히 다
물었다. 두마에게 그 소식을 전했는데, 두마조차도 다 안다는 듯이
짖어 대었다. 바바와 함께 흑인 거주지를 다녀온 뒤부터 나는 움츠
러들 대로 움츠러들었다. 매슈와 밖에 나가서 놀기보다는 주방 안
에 머물 핑계거리를 먼저 찾아냈다. 하지만 매슈가 학교로 돌아가
면 매슈가 보고 싶은 게 사실이었다. 그 음준구 소년이 가끔은 으
스대고 짜증을 부리지만, 알고 보면 나쁜 아이는 아니었다. 밤에
여러 생각들이 폭풍우 몰아치듯 나를 휘감아도 매슈에게 나쁜 감
정을 가질 수 없었다. 하지만 멤사힙이 요시야에게 경위 아들이 올
예정이니 주말 동안 음식을 1인분 더 늘리라는 소리를 듣는 순간,
온몸에서 분노가 솟구쳐 올랐다. 그 음준구 소년은 스미더스 경위
가 쪽지에 관해 심문하는 자리에 있었고, 협곡에도 함께 갔었다.
그놈의 푸른 눈은 하늘처럼 푸른 빛깔을 띠었지만, 감정은 멤사힙
의 냉장고 얼음 조각처럼 차가웠다. 눈깔 색깔은 달랐지만, 먹잇감
이 실수하길 기다리는 물수리의 그것과 너무나 닮았다.

자동차 소리가 들렸지만 브와나가 경적을 울릴 때까지 잠자코

147

기다렸다. 현관으로 어기적어기적 나가 보니, 두마는 벌써 매슈와 경위 아들 주변에서 깡충깡충 뛰며 꼬리를 흔들었다. "안녕, 무고!"

매슈의 두 눈과 치아가 반짝거렸다. '휴일을 보내기 위해 집에 오는' 얼굴과 '학교로 다시 떠나는' 매슈의 얼굴은 달라도 너무 달랐다. 옅은 미소로 알은척했다. 한동안 브와나의 집안에는 활기가 넘칠 것이다. 매슈의 여행 가방을 차 트렁크에서 꺼내 어깨에 짊어지면서 경위 아들과 눈을 마주치지 않으려고 애썼다.

"다른 가방은 손님용 침실에 갖다 놓으렴, 무고!"

멤사힙이 경위 아들에게 얼굴을 돌려 활짝 웃었다.

"우리 가족과 재밌게 놀고 갔으면 좋겠구나, 랜스!"

"감사합니다, 그레이슨 부인. 매슈와 저는 아주 멋진 계획들을 세웠어요, 그렇지, 맷?"

그 말을 듣는 순간 그 둘 중 누가 주도권을 쥐고 있는지 단박에 알 수 있었다.

매슈가 집으로 돌아온 첫날 아침은 대개 매슈를 주방에서 기다렸다. 매슈는 요시야 몰래 비스킷을 먹기 위해 주방에 오기도 했지만, 주로 나를 주방에서 일찍 내보내 달라고 요시야에게 조르기 위해 왔었다. 하지만 이번 토요일 아침에는 주방은 쥐죽은 듯 조용했다. 음식을 나르며 주방과 식당을 오가는 동안 그들이 사냥과 사격 연습에 대해 주고받는 소리를 들었다. 식사가 끝난 뒤 주방 밖에서 설거지를 하는데 매슈와 경위 아들이 브와나를 앞질러 마구간을 향해 달려가는 모습이 보였다. 잠시 뒤 브와나가 흰색 종마를 타고 마구간에서 나왔다. 그 뒤를 회색과 밤색 암말을 탄 두 소년이 따라 나왔다. 경위 아들이 내가 가장 아끼는 밤색 말 위에 앉아 있었다.

바바가 마구간에 서서 말을 탄 그들의 뒷모습을 보고 있었다. 바바의 눈은 경위 아들의 뒤를 쫓는 것처럼 보였다. 갑자기 바바가 세 사람을 향해 멈추라고 소리쳤다. 바바가 하는 말이 들릴 정도로 가까이 있었으면 더 좋았겠지만. 하지만 바바가 밤색 말의 재갈을 가리키는 게 보였다. 음준구 소년이 재갈을 너무 세게 잡아당기고 있었다. 밤색 말은 주둥이 안에 문제가 있었다. 하지만 음준구 소년은 바바의 말을 무시한 채 재갈을 계속 잡아당겼고, 브와나가 뒤를 돌아보고 바바와 똑같은 지적을 하자 그제야 느슨하게 잡았다. 바바는 말들을 자식처럼 애지중지했다. 이 일에 대해 나중에 바바에게 물어봐야겠다.

말을 타고 나갔던 사람들은 멤사힙의 '차 마시는 시간'에 맞춰 돌아왔다. 태양은 뜨거웠고, 매슈와 경위 아들은 모형 비행기와 모형 병사들을 베란다로 가지고 나왔다. 찻잔을 치우러 베란다로 갔을 때, 매슈는 친구와 게임에 푹 빠져 있어서 내가 거기에 있다는 사실조차 몰랐다. 평소 매슈는 병정을 가지고 무슨 놀이를 하는지 나에게 자세히 설명해 주고는 했다. 두 군대 사이에 어떤 종류의 전투가 벌어지는지 보고 싶어서 손에 쟁반을 든 채 베란다에서 꾸물거렸다. 하지만 어느 순간 경위 아들이 빤히 쳐다보고 있다는 걸 느꼈다. 움찔 놀라는 바람에 쟁반 위의 잔과 접시들이 달가닥거렸다. 허겁지겁 베란다를 벗어나는데 경위 아들이 매슈에게 말하는 소리가 발걸음을 붙들었다.
"넌 시건방진 놈을 하인으로 두고 있구나!"

토요일 점심에 사용할 야채를 다듬고 있을 때 멤사힙이 주방으로 들어왔다. 요시야에게 일요일 피크닉에 가져갈 음식을 준비하라고 지시했다. 경위와 경위의 아내가 일요일에 오기 때문에 두 가족이 함께 농장 외곽의 숲으로 소풍을 갈 예정이라고 했다. 소풍의 주목적이 사냥이니까, 요시야에게 고기를 많이 재어 두라는 말도 덧붙였다. 점심 시중을 들고 있는데, 매슈와 경위 아들이 동물과 총에 대해 신 나게 수다를 떠는 소리가 들렸다. 브와나조차 한결 유쾌해 보였다. 금시라도 파티라도 열 것 같은 분위기였다.
"비상사태라고 해서 모든 즐거움을 포기할 순 없지!"
잔뜩 쌓인 접시를 치우는데, 멤사힙이 선언하듯 말했다.
"걱정하지 마세요, 그레이슨 부인. 저희 아버지도 같이 가시잖아요."
경위 아들의 목소리도 흥분으로 떨리고 있었다.

와준구 소년들의 사격 연습은 오후 늦게 시작되었다. 매슈는 나에게 목표물 세우는 일을 도와줄는지 요시야에게 물었다.
"주방 토토는 자기 할 일을 끝내야만 합니다, 브와나 키도고!"
요시야의 대답을 듣자 안도감이 밀려들었다. 경위 아들 근처에는 절대 얼씬거리고 싶지 않았다. 아마 흔들리는 큰 바위 옆에 앉아 있는 게 더 안전하리라. 주방 바깥의 헛간에 앉아 멤사힙의 은그릇을 닦았다. 총성과 총알이 깡통에 맞는 소리가 과수원에 울려 퍼졌다. 지타우 형이 했던 말이 떠올랐다.

"와준구는 자신보다 더 강한 사람만을 존중하지!"

이 말을 하던 당시에 형은 이미 와준구의 무기로 와준구와 싸우겠다는 결심을 하고 있었을까? 총에는 총으로 맞서겠다고!

은 나이프를 문질러 닦는데 도가머리뻐꾸기 몇 마리가 요란스럽게 우는 소리가 들려왔다. 평소와 별다른 차이를 느끼지 못해 그저 묵묵히 일에 집중했다. 하지만 잠시 뒤 총소리에 이어 도가머리뻐꾸기들의 사납게 우짖는 울음소리가 하늘을 둘로 찢어 놓는 듯했다. 설마 멍청한 와준구 소년들이 그 새들을 쏜 건 아니겠지? 목동들은 도가머리뻐꾸기가 가축을 노리는 육식 동물을 경고해 주어 큰 도움을 준다는 사실을 잘 알고 있었다. 만약 그 새를 죽이면 십중팔구 흉한 일이 뒤따랐다. 매슈는 바바가 들려준 옛이야기 덕분에 그 사실을 알고 있었다. 들고 있던 천과 나이프를 바닥에 내려놓고 달려갔다. 창고 모퉁이를 돌자마자 총을 든 경위 아들이 눈에 들어왔다.

"브와나 키도고! 그 새들을 죽여서는 안 돼요!"

경위 아들이 총을 들고 뒤돌아섰다. 나는 그 자리에 얼어붙고 말았다. 총구가 나를 향해 있었다.

"네까짓 게 뭔데, 이래라저래라 하는 거야, 응?"

경위 아들의 싸늘한 두 눈이 분노로 이글거리고 있었다.

맥박이 요동치기 시작했다.

"제발요, 브와나 키도고."

나는 시선을 매슈에게 돌려 애원했다.

"제발, 부탁드려요…… 친구 분께 말씀해 주세요…… 불행한 일이 일어난다고요…… 친구 분은 총을 내려놓아야 해요."

"화내지 마, 랜스! 무고는 단지……."

하지만 경위 아들은 매슈의 말을 중간에 잘랐다.

"넌 저 하인 놈이 왜 저따위로 시건방지게 굴도록 내버려 두는 거야, 맷?"

경위 아들은 여전히 총구를 나에게 겨눈 채, 앞으로 나왔다.

"정말이야, 랜스. 정말 좋지 못한 일이 생긴다고! 어서 내 총 돌려줘!"

매슈가 부탁했다.

"다시는 나한테 겁 없이 이래라저래라 하지 마, 이 검둥이 새끼야!"

경위 아들이 나를 닦아세웠다.

"알았어?"

"알았습니다, 브와나 키도고"

분노로 이글거리는 음준구의 눈길을 피한 채 기어들어가는 소리로 겨우 읊조렸다.

"뭐라고? 더 크게 대답해, 검둥이 새끼야!"

"잘, 알아 들었습니다, 브와나, 키도고."

죽을힘을 다해 또박또박 말을 이었다. 부들부들 떨리는 몸을 진정시키느라 두 주먹을 꽉 쥐었다.

경위 아들은 총을 거둬 매슈에게 내밀었다.

"저놈들은 이렇게 해야 알아듣는다고. 잘 봤지, 맷?"

거친 숨을 가라앉히기 위해 나는 안간힘을 썼다. 하지만 매슈의 대답이 들리지 않았다. 매슈가 대답하려던 순간 두마가 경중경중 달려왔다. 두마의 주둥이에 깃털이 달린 길쭉한 무언가가 물려 있었다. 두마는 매슈의 발 근처에 그것을 내려놓았다. 회색 볏과 긴 꼬리가 달린 쥐만 한 몸뚱이가 툭 떨어졌다. 흰 가슴에서 피가 뿜어져 나왔고 새의 감기지 않은 한쪽 검은 눈이 나를 바라보고 있었다.

"아악! 흑!"

끝내 울음이 내 속에서 터져나와 버렸다. 죽은 도가머리뻐꾸기를 보다가 경위 아들을 잔뜩 원망스러운 눈빛으로 힐끔거리고 나와 버렸다.

나는 한 번이라도 뜨거웠을까?

불장난
– 매슈 이야기

"우리 이거 구워 먹자!"

랜스가 주머니칼로 죽은 새를 쿡 찍어 올리며 말했다.

"둘이 한 입씩만 삼키면 돼."

나는 당황스러워 콧등을 찡그렸다.

"야, 수풀에 사는 고기는 되고 수풀에 사는 새는 안 된다는 거야? 야생고기가 맛있으면 새 고기를 못 먹을 이유가 없지. 안 그래, 맷?"

"넌 아직도 상황 파악이 안 되고 있어, 랜스! 도가머리뻐꾸기를 죽여서는 안 된단 말이야!"

"어떤 미친놈이 그래?"

"카마우가 말해줬어. 그 새를 죽일 경우 반드시 나쁜 일이 일어난다고!"

"그런 미신 나부랭이를 믿다니, 비밀 조직원은 대담성을 길러야 해."

랜스의 고집을 꺾는 것은 불가능에 가깝다는 것을 나는 알고 있었다. 랜스는 단박에 미친 듯 화를 내며 모욕적인 언사로 상대방의 심기를 건드렸다가, 곧바로 아무렇지 않게 상대방의 기분을 띄워주면서 꼬드겼다. 맹세를 한 뒤로 랜스는 전보다 더 까다롭게 굴었다. 그런 랜스에게 반기를 들고 싶은 마음이 한두 번 든 게 아니었다. 경위의 위장 수용소가 보이는 숲에서 랜스에 맞섰던 작은 반항이 떠올랐다. 그러나 학교에서 다른 친구들이 학교짱의 가장 친한 친구로 대접해주는 것을 즐기고 싶은 마음도 없지 않았다.

"먼저 불을 지펴야 해, 맷. 누구 눈에도 띄지 않는 은밀한 곳이어야 하는데."

랜스가 주머니에서 성냥갑을 꺼내 흔들었다. 미리 준비해 놓은 모양이다.

망설이다가 마구간 뒤쪽 벽과 가시철조망 울타리 사이의 뒤안길이 좋겠다고 말해줬다. 그곳은 짚으로 지붕을 이고 양철과 막대기로 만든 작은 아지트가 있었다. 그곳은 가장 비밀스러운 공간이었다. 무고가 그 아지트를 만드는 것을 도와준 것은 당연했다. 무고는 오두막 안에 둘 키쿠유족 전통 물건 몇 개도 주었다. 황소의 망가진 워낭, 사이잘 덫, 땅 파는 막대기, 바나나 잎 공 등. 랜스가 그런 것을 보면 분명 콧바람을 일으키며 어린애라고 비웃을 것이다.

"여기서 잠깐만 기다려."

랜스에게 말했다.

"내가 먼저 가서 살펴볼게."

레드라이더를 한쪽 어깨에 걸친 채 아지트로 출발했다. 충성스런 두마가 옆을 따랐다.

"랜스가 미친 거 아냐?"

랜스가 들을 수 없는 곳에 이르자 두마에게 동의를 구했다.

"너도 그 도가머리뻐꾸기를 먹고 싶니?"

그 말을 들은 두마는 머리를 곧추세운 뒤 그렇지 않다는 듯 나를 바라보았다.

"너 정말 영리하구나!"

두마의 머리와 등을 쓰다듬어 줬다.

"네가 안 먹고 싶어 한다는 것 다 알고 있었어."

마구간에 다다라 그 안에 있는 카마우와 어린 마부를 몰래 살폈다. 두 사람은 밤색 말을 돌보느라 바빴다. 손을 흔들어 문제없다는 신호를 랜스에게 보냈다. 랜스는 정원을 재빨리 가로지른 다음, 새가 꽂힌 주머니칼을 깃발처럼 들어 올린 채로 마구간 옆을 지나쳤다. 그 모습을 보자 입에서 욕이 낮게 튀어나왔다. 랜스가 건물 끄트머리에서 합류했다. 우리 둘이 모퉁이를 돌자, 마구간 벽을 따라 자라는 자주색 부겐빌레아가 보였다. 벽이 끝나는 곳부터는 부겐빌레아가 울타리처럼 가시철조망까지 심어져 있었다. 그 때문에 마구간 뒤편의 공터가 눈에 띄지 않는다. 아지트 입구는 부겐빌레아와 가시철조망 울타리 사이에 있었다. 입구 앞에 서서 주변을 살피는 동안 두마가 먼저 슬그머니 들어갔다. 화단에서 머리를 숙인 채 풀을 뽑는 여자 두 명을 제외하면 정원에는 아무도 없었다. 베란다의 의자도 비어 있었고, 주변에 아빠나 엄마의 기척도 없었다. 다시 한 번 아무 문제없다고 신호를 보냈다. 랜스가 틈새로 미끄러지듯 들어갔다. 뒤를 이어 들어서자 랜스의 휘파람 소리가 들렸다. 랜스가 아지트를 발견한 것이다. 두마는 벌써 아지트의 그늘 밑에 자리 잡고 있었다.

"맷, 넌 음흉한 놈이었어. 나에게조차 이 아지트를 숨겼다니……."

"불 피울 나무 좀 주워 올게."

랜스의 말을 중간에서 잘랐다. 랜스의 타박을 더 덮어쓰기 전에 서둘러 부겐빌레아 틈새로 빠져나왔다.

나뭇가지를 주워 돌아왔을 때, 랜스는 죽은 도가머리뻐꾸기를 한창 손질하느라 정신이 없었다. 이미 새의 머리와 꼬리는 몸통에서 분리된 뒤였다. 일부러 랜스에게 아지트 안을 들여다봤는지 물어보지 않았다. 불을 피울 적당한 자리를 찾아 봤다. 땅이 말라 있고 풀이 많이 자라지 않은 곳은 아지트밖에 없었다. 어쩔 수 없이 아지트 앞에 나뭇가지 한 아름과 작은 통나무 두 개를 내려놓았다. 그곳은 가시철조망에서 고작 6피트밖에 떨어져 있지 않았다. 반대쪽에는 마른 옥수수 밭이 있었다.

"이곳은 안전하지 않아, 랜스! 밭하고 너무 가까워."

내가 불안한 목소리로 말했다.

"헛소리하지 마! 넌 이 새에 입을 댈 용기가 없는 것뿐이야, 그렇지?"

랜스는 내 코에 대고 죽은 새의 꼬리털을 흔들어 댔다.
"저리 치워!"
내가 소리쳤다.
"쉬잇! 사람들이 듣겠어!"
랜스가 낄낄 댔다.
"고작 작은 모닥불일 뿐이야, 맷. 우리가 지키고 있잖아."
나는 랜스의 말에 수긍할 수밖에 없었다. 새가 작아 익는 데는 시간이 그다지 걸리지 않을 테고, 자리를 뜨기 전에 불을 끄면 된다. 무엇보다 무고만큼 불 피우는 실력이 죽여주지 않지만, 내 솜씨를 자랑하고 싶었다. 먼저 불쏘시개로 사용할 잔가지들을 작게 뭉친 다음, 나뭇가지를 북미 원주민의 원뿔 천막 모양으로 쌓았다. 마지막 나뭇가지를 얹자 내심 랜스가 직접 불을 붙이겠다고 고집 부리길 기대했다. 하지만 랜스는 무심히 성냥갑을 내게 건네기만 했다. 성냥에 불을 켠 다음 쌓은 나뭇가지 밑에 집어넣었다. 나뭇가지에 불이 옮아 붙도록 아래쪽을 조심스레 입으로 바람을 불어넣었다. 연기가 피어오르자 냄새가 퍼질 게 걱정되었다. 연기가 마구간으로 스며들지 않기를 바랐다. 연기가 나는 이유를 확인하러 카마우가 오면 불을 끄라고 할 게 분명했다. 랜스는 카마우의 말을 무시할 테고. 그럼, 카마우는 아빠에게 이를 것이다. 결국 아빠로부터 평생 잊지 못할 야단을 듣게 될 것이다. 근데, 랜스의 얼굴에는 전혀 그런 염려가 서려 있지 않았다. 랜스는 주머니에서 작은 철사 뭉치를 꺼낸 다음 풀더니 도가머리뻐꾸기 가슴을 꿰었다. 그런 다음 그 한쪽을 내 손에 쥐여 주었다. 우리 둘은 피를 뚝뚝 흘리는 새를 불 위에 들고 있어야만 했다.

열기로 인해 얼굴이 화끈거렸다. 도가머리뻐꾸기를 닭으로 생각할 수만 있다면 이 시험을 무사히 통과할 수 있을 것이다. 어쨌든 목동들은 산짐승과 새들을 잡아다 구워 먹으니까. 랜스의 말이 옳을지도 몰랐다. 카마우의 옛이야기와 무고의 경고는 미신일 뿐이다. 랜스의 생각이 좀 더 합리적이었다.

그렇지만 랜스가 먼저 한 입 베기를 바랐다. 새의 몸통은 여전히 철사에 꿰어져 있었다. 지금쯤이면 새의 심장까지 충분히 익고도 남음이 있다.

"끝내주는데."

랜스가 입술을 핥으며 말했다. 랜스가 씩 웃으며 내게 새를 건넸다. 두마가 아지트에서 나와 침을 흘렸다. 새의 몸통을 한 입 넣는 순간, 랜스가 도가머리뻐꾸기의 볏을 불속으로 집어던지지만 않았다면, 끝까지 먹는 데 성공할 수도 있었을 것이다. 하지만 그것이 불꽃을 일으키며 타들어 가는 동안 새의 검은색 눈이 나를 빤히 바라보았다. 순간 구역질이 치밀었다. 고개를 돌려 입에 들어 있던 고기 조각을 뱉어냈다. 밀려오는 구역질 때문에 머리가 띵했다.

"왜 그래, 맷? 나는 내 몫을 먹었어. 아무 문제없다고!"

랜스의 말이 어렴풋이 들렸다. 하지만 구역질은 멈추지 않았다. 배를 움켜잡고 고개를 숙였다. 속이 완전히 뒤집혔다.

속이 진정되기까지는 약간의 시간이 걸렸다. 두마가 위로해 주려는 듯 다가왔다. 랜스의 눈길을 피한 채 놀리기를 기다렸다. 어쩌면 놀림보다 더 안 좋은 일이 생길지도 몰랐다. 내 몫을 끝까지

다 먹어야만 한다고 랜스가 박박 우기는 일 말이다. 하지만 난 속으로 깜짝 놀랐다.

"이런, 맷, 무슨 일이야?"

랜스가 진심 어린 목소리로 걱정을 하고 있었다!

나도 모르겠다는 제스처를 했다. 천천히 몸을 돌려 불을 바라봤다. 놀라운 일이 벌어졌다. 천만 다행스럽게도, 랜스가 불을 끄기 위해 모래를 불 위로 던지는 것이다.

"너희 엄마가 부르는 소리가 들렸어. 그렇게 토하니까 못 들었겠지!"

랜스는 토한 일을 농담거리처럼 말했다.

"일어나자! 빨리 불을 꺼!"

랜스가 흙을 파라고 나무 막대기를 던졌다. 그것은 아지트 안에 있던 막대기였다. 랜스가 아지트에 들어갔었던 게 분명했다. 하지만 속이 안 좋아 아무 말도 하지 않고 흙을 팠다. 랜스도 흙을 불에 덮었다.

"매슈! 랜스! 너희 어디에 있니?"

이번엔 엄마가 부르는 소리가 들렸다. 목소리로 보아 엄마가 이미 정원으로 나온 것 같았다. 엄마가 불을 지핀 사실을 알게 되어 일이 복잡해지는 것을 원치 않았다. 하지만 당장 완벽하게 숨길 방법이 생각나지 않았다. 어떻게든 엄마가 이쪽으로 오지 못하게 해야만 했다. 그때 좋은 생각 하나가 퍼뜩 떠올랐다.

"우리 엄마가 등 돌리고 있을 때 살짝 빠져나가. 그런 다음 지금 숨바꼭질 중이니까 찾아서 데려간다고 엄마한테 말해. 불은 내가 끌게."

처음으로 랜스가 토를 달지 않았다.

랜스가 내 말을 따랐다!

불꽃이 더 이상 타오르지 않았지만, 큰 장작에 붙은 불은 완전히 꺼지지 않았다. 계속 흙을 파 불에 던져 넣었다. 가장 좋은 방법은 물을 가져와 끼얹는 것이었다. 그게 백 퍼센트 확실한 방법이었다. 하지만 엄마가 정원에 있고, 아빠가 베란다에 앉아 술을 마시고 있을 텐데, 지금은 그럴 수 없었다. 대신 더 많은 흙을 파기 위해 두 배로 힘을 주었다. 나와도 좋다는 랜스의 휘파람 소리가 들릴 때쯤, 제대로 불을 끄고 있다는 사실에 흡족했다. 가장 큰 장작에서 아직도 연기가 났지만 곧 그 불씨는 사그라질 것이다. 다른 깜부기 불들은 하나도 남아 있지 않았다. 레드라이더를 집어 들었다. 두마가 몸을 쭉 뻗더니 마구 흔들어 댔다. 기분도 한결 나아졌다.

"어서 가자, 두마. 요시야가 저녁으로 뭘 만들었는지 보러 갈까?"

한밤중에 아빠의 고함 때문에 잠에서 깼다. 집 밖에서는 말들이 미친 듯이 울부짖었다. 두려운 마음에 침대에서 기어 나와 문 앞으로 더듬거리며 걸어갔다. 복도 불이 환하게 켜져 있었다. 현관문이 꽝 닫히는 소리에 이어 빗장이 걸리는 소리가 들렸다. 나이트가운을 걸친 엄마가 한 손에 권총을 든 채 방으로 달려왔다. 평소와 달리 머리를 풀어헤쳤고, 두 눈은 겁에 질려 있었다. 두려움에 엄마의 목소리가 떨렸다.

"창문 꼭 잠가! 절대 불 켜지 말고! 엄마는 랜스를 깨워야 해!"

하지만 손님용 침실 문은 이미 열려 있었다. 파자마를 입은 랜스가 어리벙벙한 표정을 한 채 문가에 서 있었다.

"아빠는 어디 계세요?"

내가 엄마에게 다급하게 물었다.

"마구간에 가셨단다! 그러니 창문을 잠근 다음 서재로 가!"

엄마는 랜스와 함께 손님용 침실로 들어갔다.

방으로 비틀비틀 걸어가는데 내 상상은 거의 폭동 수준이었다. 살해당한 경비들, 절단된 가시철조망, 마구간의 말들을 공격하는 침입자들⋯⋯ 혼자서 그들에게 맞서고 있는 아빠. 그자들이 집에 침입하면 어쩌지? 집에는 엄마와 엄마의 총밖에 없었다. 엄마가 아빠의 금고 열쇠를 갖고 있기만을 바랐다. 그러면 레드라이더를 꺼낼 수 있다. 창턱 밑에서 몸을 수그린 다음 커튼 뒤로 손을 들어 올렸다. 창문을 닫기 위해 더듬거리며 손잡이를 찾았다. 코가 매웠다. 무언가가 타고 있었다. 고개를 들어 밤하늘을 쳐다보았다. 하늘색이 평소와 달랐다. 심장이 뛰기 시작했다. 커튼과 창틀 사이로 난 틈에 눈을 갖다 댔다. 붉은빛의 희부연 연기가 하늘을 가득 메우고 있었다. 마구간 방향이었다.

엄마의 지시를 어기고 복도를 달려 거실로 갔다. 거실의 프렌치 창문은 마구간과 옥수수 밭을 향해 나 있다. 거실 문을 세게 열어젖혔다. 창문에 다다르기 전부터 커튼 뒤로 평소에 보지 못했던 빛이 어른거리는 모습이 보였다. 말들이 울부짖는 소리가 아까보다 더 크게 들렸다. 커튼 끝을 들어 올렸다. 시뻘건 불길이 마구간 위로 솟구쳤다. 거대한 불 구름이 피어올랐다. 다행히도 바람이 집 반대쪽으로 불고 있었다. 이미 불은 옥수수 밭에 번진 상태였다. 괴상한 빛에 휩싸인 정원을 필사적으로 둘러보았다. 정원 전체에 어두운 그림자가 드리워졌지만 침입자의 낌새는 없었다. 아빠는 어디에 있는 걸까? 마구간에서 갑자기 뭔가 튀어나오기 전까지 의문이 머릿속을 쾅쾅 쳤다. 아빠의 종마가 정원을 향해 전속력으로 달려갔다. 공포로 제정신이 아닌 말 네 마리가 그 뒤를 따라가고 있었다. 회색 암말과 밤색 암말도 그 속에 있었다. 맨 앞에서 달리고 있던 종마가 다른 말들로부터 떨어져 나와 프렌치 창 앞을 질주해 오더니 자취를 감추었다. 녀석은 울타리 정문으로 빠져나가려 하는 걸까?

마구간 입구에 불길을 등진 아빠의 실루엣이 나타났다. 총을 든 채 주위를 훑으며 아빠 또한 정문을 향해 달려갔다. 아빠는 경비들로부터 도움을 받을 수 있을까? 아빠의 뒤편에서 부겐빌레아 덤불이 시뻘겋게 불타오르고 있었다. 마구간, 옥수수밭 그리고 마구간과 옥수수 밭 사이의 뒤안길은 모두 내일 아침이면 재로 변할 것이다. 모든 것이 전쟁 만화에서 본 장면과 똑같았…… 아니, 악몽인가? 아픔이 느껴질 때까지 팔뚝을 세게 꼬집었다. 이럴 수가! 현실이었다. 아지트로 물 한 동이를 가지고 가서 꺼져 가던 불에 쏟아 부었어야 했다. 넋이 나간 상태로 지켜보던 나는 두려움에 그 자리에 얼어붙고 말았다.

"서재로 오라고 했잖니!"

갑작스러운 엄마의 목소리 때문에 놀라 정신이 들었다. 어느새 거실에는 엄마와 랜스가 있었다.

"아빠가 말들을 구했어요, 엄마!"

내 목소리는 훌쩍이고 있었다.

랜스가 커튼 틈으로 밖을 내다보기 위해 옆을 지나갔다.

"이런!"

랜스의 얼굴이 하얗게 질려 버렸다.

"어서 창문에서 떨어……."

현관문을 두드리는 시끄러운 소리가 엄마의 말을 잡아먹었다. 문 밖에서 들리는 소리가 아빠 목소리인 것을 안 우리는 허둥지둥 현관으로 달려갔다. 엄마가 빗장을 벗겼다.

아빠가 마른기침을 하며 안으로 들어왔다. 온몸이 그을음과 재로 새까맸다.

"오, 맙소사!"

아빠의 모습에 경악한 엄마가 외쳤다.

"누구 본 사람 있으세요?"

"아니, 이미 멀리 도망가 버렸겠지! 옥수수밭을 태운 건 그렇다 쳐도 말도 못 하는 말들을 태워 죽이다니……."

아빠의 두 눈이 분노로 이글거렸다.

"그건 정말 잔인한 짓이야!"

나는 나도 모르게 벽으로 뒷걸음쳤다. 하지만 랜스는 아빠에게 다가섰다.

"마우마우 짓이겠죠? 그렇죠, 그레이슨 아저씨?"

"그럼, 누가 그따위 짓을 하겠니?" 아빠가 대답했다.

"저희 아빠에게 빨리 전화 하세요."

감금

- 무고 이야기

바바가 흔들어 깨웠다. 어서 일어나 따라오라고 말했다. 아직 칠흑같이 어두운 한밤중이었다. 아! 드디어 드레드록이 밖에서 날 기다리고 있구나 싶었다. 내가 용감하게 행동할 수 있기를, 그리고 이 일이 죽은 도가머리뻐꾸기의 불운과 아무 상관없기를 소리 없이 빌면서, 바바의 뒤를 따라 문으로 걸어 나갔다. 반달이 키리냐가의 봉우리를 비추고 있었다. 반달에게 지타우 형이 안전하기를 재빨리 빌었다. 보호 구역을 다녀온 뒤로는 키리냐가를 볼 때마다 산속 깊숙한 곳에서 생활하고 있을 형이 생각났다. 적어도 이싸카 나 위야씨를 위해 맹세를 할 때만큼은 형의 영혼이 나와 함께할 것이다.

울 안 여기저기에 그림자가 드리워져 있을 뿐 아무도 없었다. 드레드록이 바바에게 비밀 회합 장소로 나를 데려오라는 명령을 내린 걸까? 하지만 키리냐가산을 등지고 몇 발자국 걸어갔을 뿐인데, 브와나의 농장 너머 밤하늘이 기이한 주황색으로 빛나고 있는 모습이 보였다.

불이다!

"들리니, 무고? 말들이…… 울부짖는구나!"

바바가 달리기 시작했다. 바바의 긴 보폭을 따라잡아야 했다. 바바는 동물에 대한 육감이 예민했다. 바람이 반대 방향으로 불고 있었지만, 가시철조망에 다가갈수록 불타는 공기와 희미한 울부짖음이 둥둥 떠다니는 게 느껴졌다. 예전 철책이었더라면 그것을 타고 넘어가 곧장 마구간으로 뛰어갈 수 있었을 것이다. 하지만 이제 정문이 나올 때까지 울타리를 끼고 달려야만 했다. 한 발자국 뗄 때마다 겁에 질린 말들의 울음이 커져갔다. 죽은 도가머리뻐꾸기가 불러온 재앙일까?

브와나 저택 정면 근처의 철책 모퉁이에 다다르자, 바바가 내 어깨를 움켜잡았다. 엄청난 불길과 연기 때문에 나무들의 검은 윤곽이 드러나 있었다. 온 옥수수 밭이 불타고 있었다. 바바가 손으로 걸음을 멈추라고 했다. 경비들이 침입자로 오인할 수 있었기 때문이다.

바바 옆에서 천천히 걸었다. 전력으로 달려와 몸에서는 열이 났지만, 몸속은 이상할 정도로 차가웠다. 마구간은 저택 뒤에 있어 보이지 않았다. 하지만 광분한 말들의 울부짖음이 여전히 들렸고, 맹렬히 타오르는 불길의 타닥거리는 소리까지 더해져 시끄러웠다. 바바는 경비들의 망토를 어둠 속에서 알아보고 멈춰 서서 소리쳤다.

"나요, 카마우. 브와나의 말들을 돌보는 사람이오."

바바는 무기가 없다는 것을 보여 주기 위해 양손을 뻗었다.

"멈춰! 그리고 손들어!"

양손을 들어 올렸다. 경비의 목소리를 통해 예전에 몇 마디 나눴던 사람이라는 것을 알았다.

"함께 있는 사람은 누군가?"

"내 아들이오. 브와나의 주방에서 토토로 일하고 있소."

"왜 그러시오, 음지?"

경비의 목소리가 약간 누그러졌다.

"브와나 말의 고삐를 풀어줘야만 하니 날 들여보내 주시오. 내가 하겠소!"

"음지, 안 돼요. 아무도 들이지 말라는 게 브와나의 명령이에요."

"그렇다면 브와나를 불러주시오! 브와나는 자고 있고, 말들은 죽어가고 있소!"

"브와나도 알고 있어요. 그곳에 계시오."

"그럼 가서 브와나에게 내가 왔다고 전해 주시오!"

"그럴 수 없어요, 음지! 브와나는 우리 둘 다 이곳을 뜨지 말라고 했소. 절대로 이 정문을 떠날 수 없어요."

바바는 손으로 얼굴을 닦았다. 이것이 무의미한 언쟁이라는 걸 아는 듯했다. 브와나로부터 지시받은 경비들에겐 다른 선택권이 없었다. 그러나 바바가 돌아가자고 손짓을 한 그때, 브와나의 종마가 정문을 향해 미친 듯이 질주해 왔다. 땀에 흠뻑 젖은 흰색 털이

재 때문에 새까맸다. 녀석은 힝힝거리며 콧구멍을 벌름거리고 부르르 떨었다. 진입로에 주차되어 있던 브와나의 트럭을 미처 보지 못한 녀석은 거의 부딪힐 뻔했다. 하지만 뒤늦게나마 트럭을 발견하고 충돌을 피하느라 머리를 쳐들고 뒷다리로 일어섰다. 바바가 철책으로 다가섰다.

"자파리!"

바바가 살가운 목소리로 녀석을 불렀다.

"자파리! 자파리!"

녀석이 흥분을 가라앉힐 때까지 바바는 계속해서 종마의 이름을 불렀다. 다정하게 소곤거리며 안심시켰다. 경비들도 신기하다는 눈빛으로 구경만 하고 있었다. 종마가 바바의 말을 알아듣는 것처럼 보여 나도 내심 놀랐다. 나는 바바와 자파리를 바라보는 데 온 정신이 팔려서, 브와나가 다가오는 모습을 보지도, 듣지도 못했다.

"카마우? 무고?"

브와나의 목소리가 들렸고, 그 속엔 의심이 가득 서려 있었다.

"두 사람 여기서 뭐하는 건가?"

바바와 나를 겨눈 브와나의 총을 바라보았다. 경위 아들이 총을 쏘겠다고 협박했던 게 고작 몇 시간 전이었는데…… 이제는 브와나가 총구를 들이대고 있으니!

"말들이 울고 있어서요, 브와나!"

바바가 곧장 대답했다.

"저희 둘은 말들을 보살피러 왔습니다. 하지만 경비들이 안으로 들여보내 주지 않는군요."

"불 난 건 어떻게 알았지? 자네 집에서 멀리 떨어져 있는데."

브와나의 흰자위가 기이하게 번뜩이고 있었고, 목소리는 의심으로 가득 차 있었다.

"아닙니다, 브와나!"

바바가 항변했다.

"하늘을 보면 불이 났다는 걸 충분히 알 수 있습니다, 브와나."

그때 정원에서 거친 말 울음이 터져 나왔다.

"제게 기회를 주십시오, 브와나. 그러면 제가 녀석들을 진정시키겠습니다."

브와나가 고개를 흔들며 말했다.

"아니, 놈들은 곧 알아서들 진정할 것이다."

"브와나, 저희는 불 끄는 것을 도울 수 있습니다."

"아니, 그럴 필요 없다. 다 타 버렸으니 불도 조만간 저절로 꺼질 것이다."

브와나가 사납게 말했다.

"아침에 보자. 돌아가라!"

그 순간 목 안이 분노로 꽉 잠겼다. 바바의 뒤를 따라가는 동안에도 가슴이 타들어 갔다. 바바가 아들 앞에서 굴욕을 당한 것이다. 집으로 가는 길에 바바와 나는 한마디도 나누지 않았다. 집에 도착해 보니 마미가 걱정하며 기다리고 있었다. 마미 또한 주황색으로 물든 하늘을 보았던 것이다. 바바는 마구간에 불이 나서 완전히 타 버렸지만, 말들은 안전하고, 브와나는 우리들의 도움이 필요 없다고 한다고 짤막하게 마미에게 말했다. 브와나가 총을 겨눈 사실에 대해서는 입도 벙긋하지 않았다.

　밤새 잠을 이룰 수 없었다. 머릿속에서 여러 생각들이 격렬하게 싸움을 벌였다. 형은 브와나가 옥수수를 모두 잃었다는 소식을 들으면 뛸 듯이 기뻐할 것이다! 브와나의 말들이 산 채로 불타 죽었다는 소리를 들으면, 형은 그게 브와나를 괴롭히는 가장 좋은 방법이라고 말할지도 모른다. 브와나는 일꾼들보다 동물들을 더 애지중지 돌보기 때문이다.

　"우리가 힘들 땐 와주구는 신경 쓰지 않아. 그들에게 우리는 벌레일 뿐이야. 바바는 바보야. 브와나가 총을 겨눠도, 여전히 도와주고 싶을걸!"

　지타우 형의 말이 귀에 생생히 들렸다. 그렇지만 말들의 울음소리는 너무나 애처로웠다. 바바가 말들을 돕고 싶은 심정을 충분히 이해할 수 있었다. 은가이의 창조물이 이와 같은 고통을 겪어야만 하는 이유는 도대체 뭘까?

　해가 뜨기도 전에 경찰들이 몰려왔다. 흰색 튜닉을 입고 문을 열었을 때, 키가 큰 빨간 모자들이 나무 사이로 걸어오는 모습이 눈에 들어왔다. 바바를 소리쳐 불렀지만 세수를 하고 있던 참이라 바바는 고개조차 들지 않았다. 바바는 빨간 모자들이 올 줄 알았던 모양이다. 흑인 경찰들 여섯 중 두 명은 총을 들고 있었고, 나머지는 경찰봉을 가지고 있었다. 바바와 나를 체포했다. 그런데 경찰들이 마미 또한 경찰서로 함께 가야 한다고 하자, 바바는 집에 어린 아이들이 있다고 항의했다. 총을 든 빨간 모자 한 명이 자신들은 명령을 따를 뿐이라고 퉁명스럽게 내뱉었다. 음준구 경위가 브와나 집에서 기다리고 있으니 지체 없이 가야 한다고 덧붙였다. 마미가 아이들을 떼어 놓지 못한다면, 함께 가야 한다고 했다. 남동생은 엄지손가락을 물어뜯고 있었고, 여동생은 앙앙 울어댔다. 여동생을 안아주자 내 품에 착 달라붙었다. 비록 아주 잠깐 동안이었지만 동생을 꼭 안자 내게도 위안이 되었다. 하지만 마미에게 여동생을 안겨 줘야 했다. 양옆에 선 빨간 모자들이 바바와 나에게 빨리 가자고 재촉했다. 총을 든 경찰 두 명이 뒤를 바투 따랐다. 마미와 아이들에게 작별 인사를 건넬 시간조차 없었다.

키리냐가는 엷은 안개에 뒤덮여 있었다. 무구모나무 너머 앞쪽에서 시끄러운 소리가 들렸다. 요시야 마당의 바나나 잎 사이로 빨간색이 다문다문 보여 경찰에게 연행되어가는 사람이 우리 가족만이 아니라는 사실을 알게 되었다. 음지 요시야와 마마 머시까지 잡혀간다면, 그것은 곧 브와나 집에서 일하는 모든 일꾼들이 이번 화재에 대해 심문받는다는 것을 의미했다. 하지만 바바의 어두운 표정과 어젯밤에 브와나가 우리에게 총을 겨누었던 기억은 바바와 내가 특히 주목받고 있다는 사실을 가리키고 있었다.

몇 시간 전 바바가 자파리를 진정시켰던 철책 앞을 지나 저택 앞쪽으로 걸어갔다. 가시철조망 밖에는 거대한 쇠창살 우리를 뒤에 실은 대형 트럭 두 대가 주차되어 있었다. 지난밤 화재가 얼마나 심했는지 그 냄새 때문에 속이 메스꺼웠다. 옥수수 밭은 완전히 새까만 그루터기만 듬성듬성 남아 있었다. 어제 마구간이 있던 자리에 재와 쓰레기밖에 남아 있지 않았다.

투르카나족 경비들이 열어 준 정문을 통과해 진입로로 걸어갔다. 경비를 쳐다보지 않았다. 눈길이 절로 작은 쇠창살 우리를 실은 경찰 지프에서 멈췄다. 지프 옆에는 스미더스 경위가 브와나와 함께 서 있었다. 브와나는 지난밤 숯검정 흔적이 조금도 남아 있지 않고 말쑥했다. 매슈와 경위 아들이 멤사힙과 함께 베란다에 서 있는 게 보였다. 모든 와준구가 우리를 기다리고 있었던 것이다.

"이자들이 지난밤 이곳에 왔던 자들이란 말이군."

경위가 손가락으로 바바와 나를 가리키며 말했다.

"맞아. 카마우는 어렸을 때부터 내 마구간에서 일했고, 지금까지 마부로 일하고 있다네."

브와나가 바바를 쳐다보지도 않고 말했다.

"카마우는 우리가 협곡에서 오도 가도 못한 날 밤에도 우리와 함께 있었다네. 기억나나?"

"그러면 이 아이가 그날 아침 나를 데리러 보낸 그 아인가?"

"그렇다네. 카마우의 아들 무고지. 작은아들이라네."

작은아들. 이 말에 나는 또 한 번 충격을 받았다. 그렇다면 지타우 형에 대해 뭔가 알고 있다는 걸까?

"우리는 아주 사소한 가능성도 배제하지 않을 걸세. 반드시 진실을 밝혀낼 테니, 아무 걱정 말게나."

이렇게 말한 경위는 빨간 모자들에게 바바와 나를 지프에 태우라고 신호를 보냈다.

그때서야 브와나가 바바와 나를 바라보았다.

"두 사람이 이 일과 아무 관련 없다는 사실을 경위가 밝혀 주길 바라네."

빨간 모자들이 바바와 나를 지프 쇠창살 우리에 거칠게 밀어 넣자 브와나는 슬쩍 고개를 돌려 버렸다.

이 모든 사람 중에서 마구간에 불을 내지 않을 유일한 사람이 있다면, 그 사람은 바로 바바라고 브와나에게 큰 소리로 외치고 싶은 충동이 일었다. 하지만 그것은 정말 무의미한 짓이었다. 바바의 침묵이 점점 나를 끔찍한 두려움에 사로잡히게 하였다.

지프에 올라탄 경위는 베란다로 차를 후진시켰다. 우리의 창살 사이로, 경위 아들이 웃으면서 매슈의 옆구리를 슬쩍 찌르는 모습이 보였다. 도가머리뻐꾸기를 죽인 뒤에 경위 아들이 했던 말이 생각났다.

'감히 나한테 이래라저래라 하지 마. 이 검둥이 새끼야!'

하지만 지프가 속도를 올릴 때까지 매슈는 고개를 들어 나를 바라보지 않았다. 지프가 출발하기 직전, 아주 잠깐 매슈의 눈과 마주쳤다. 하지만 그때 지프가 앞쪽으로 쏠렸기 때문에 철제 의자 손잡이 끝을 꽉 붙잡아야 했다. 철제 정문을 빠져나간 지프는 옥수수밭에서 도로로 이어지는 흙길을 흔들거리며 달렸다. 울타리 밖에서는 두 와준구 경찰이 지켜보는 가운데, 빨간 모자들이 쇠창살 우리가 실린 대형 트럭으로 사람들을 몰아가고 있었다. 그 무리 속에서 마미와 동생들이 섞인 것을 얼핏 보았다. 입을 벌렸지만, 아무 소리도 나오지 않았다. 모든 게 공허했다.

나는 한 번이라도 뜨거웠을까?

협박
― 매슈 이야기

    랜스가 귀에 대고 뭐라고 소곤거리는데 뭔 소리인지 하나도 알아들을 수 없었다. 머릿속이 뒤죽박죽 섞였다. 모든 일이 너무 빨리 전개되는 바람에 악몽처럼 느껴졌다. 무고와 카마우가 지프의 쇠창살 우리에 실려 새까맣게 탄 길을 가로질러 사라져갔다. 무고의 눈은 나를 꿰뚫는 듯했다.
    "서둘러! 서둘러!"
    경찰들이 소리치는 소리가 들렸다. 경찰들은 우리 집 안의 일꾼들과 그 가족들까지 경찰봉과 개머리판으로 위협하여 트럭에 강제로 태우고 있었다. 아이들은 두려움에 사로잡혀 울부짖었다. 몇몇 사람들이 베란다에 서서 브와나 키도고인 나를 비난하는 눈초리로 보았다. 그 자리를 떠났어야 했다. 하지만 지켜보지 않을 수 없었다. 그때 내 눈에 머시와 요시야의 모습이 들어왔다. 그들의 눈에는 비난이 가득 서려 있었다.

'오, 브와나 키도고, 우리에게 어떻게 이럴 수 있죠?'

너무 힘들었다. 완전히 진이 빠져 두 다리로 서 있을 수도 없을 지경이었다. 나도 모르게 베란다 난간을 움켜잡았다.

"안으로 들어가렴, 매슈. 어린 네가 이 모든 것을 다 지켜볼 필요는 없단다."

엄마의 목소리가 아주 먼 곳에서 들리는 것처럼 아득했다.

"랜스, 나 좀 도와주겠니?"

"물론이죠, 그레이스 부인. 매슈가 정말 큰 충격을 받았나 봐요."

엄마와 랜스의 부축을 받으며 침실로 걸어갔다.

"낮잠 좀 푹 자면 기분이 나아질 거야."

침대에 드러누운 나에게 엄마가 말했다.

"랜스도 낮잠 좀 자는 게 어떻겠니? 너희 둘 다 지난밤에 제대로 못 잤잖니."

"저는 괜찮아요, 그레이스 부인. 현장에 끝까지 남아서 지켜본 다음, 나중에 맷에게 말해주는 게 좋지 않겠어요."

랜스는 평소 때처럼 자신감에 차 있었다. 두 사람이 방을 나가기도 전에 눈이 스르륵 감겼다. 한동안 눈이 멀어 아무것도 볼 수 없으면 좋겠다고 생각했다. 이 모든 일이 내 탓이었다. 내 실수가 일으킨 폭풍이었다. 하지만 아빠에게 진실을 토로해야 한다는 생각만으로도 온몸이 딱딱하게 굳어졌다. 어쩌면 잠자고 깨어났을 때는……

막 잠에 떨어지는 순간, 침실로 달려온 랜스가 흔들어 깨웠다.

"우리 대장이 드디어 사건에 투입되었어! 색출 작업이 시작되면 나를 데리러 올 시간이 없다고 하셔. 그래서 지금 가야 돼. 맷, 방학이 끝나면 보자."

베개에 팔꿈치를 대고 상체를 받치고 있던 나는 겨우 고개를 끄덕여 줄 수 있었다. 랜스가 몸을 숙인 다음, 얼굴을 내 얼굴 가까이에 댔다. 랜스의 새파란 눈동자의 실핏줄들이 사격 조준기로 겨누어 볼 때처럼 자세히 보였다.

"다른 놈들에게 이 일을 씨불이면, 넌 완전히 끝장이야!"

고 문
- 무고 이야기

고문 - 무고 이야기

 찬 콘크리트 바닥에 무릎을 꿇고 앉아, 양손으로 귀를 틀어막았다. 바바의 비명이 온몸을 갈가리 찢어놓을 것 같았다. 악쓰는 소리, 분노하는 소리, 비명. 그렇게 고통스러워하는 사람의 소리를 지금껏 들어보지 못했다. 나는 창문 하나 없는, 퀴퀴한 냄새가 밴 어두운 방 안에 혼자 있었다. 바로 옆방에 경위와 부하들이 바바를 데려갔다. 그들은 바바의 절규가 내 귀에 들리기를 원했다. 또한 자신들이 무슨 짓이든 할 수 있다는 사실을 내가 알길 원했다. 땀이 축축하게 밴 손바닥으로 귀를 아무리 세게 막아도 그 고통스러운 신음은 계속 내 귀에 흘러들어왔…… 바바의 단말마 같은 비명은 커졌다 작아지기를 반복했다.

그들이 내가 갇힌 방에 왔을 때, 내가 대답할 수 있는 경위의 질문은 없었다.

"브와나 마구간에 불장난을 한 게 누구냐?"

"너의 형 지타우는 어디에 있느냐?"

"너는 언제 맹세를 했느냐?"

"네 형이 너를 맹세 시켰느냐?"

"네가 형에게 음식을 대는 곳이 어디냐?"

모른다고 대답할 때마다, 맹세도 하지 않았고 아무 일도 하지 않았다고 대답할 때마다, 빨간 모자가 얼음처럼 차가운 물이 담긴 양동이에 머리를 처넣었다. 고개를 쳐들지 못하도록, 손으로 목뒤를 찍어 누르는 시간이 점점 길어졌다. 빨간 모자가 한 손으로 머리통을 잡고 마구 흔들어 댔다. 숨이 막혔고, 물을 삼켰으며, 익사당하기 직전이었다.

고백과 혼란

- 매슈 이야기

"······넌 완전히 끝장이야!"

랜스의 협박이 머릿속에서 계속 진동을 일으켰다. 랜스는 진담이었다. 자기에게 조금이라도 해가 되는 소리를 한다면, 학교에서 따돌리는 수준에서 끝을 내지 않을 것이다. 랜스는 자기가 한 말을 죄다 부인할 것이다. 보나마나 불을 피우자고 한 것은 전적으로 내 생각이었으며, 내가 애먼 자신을 덮어씌우려고 한다고 우길 것이다! 자기는 나를 말렸고, 내가 잘난 체하며 자신의 경고를 귓등으로 흘려들었다고 할 것이다. 랜스의 말은 진실이 되어 날 궁지에 몰아넣을 것이다! 사람들은 랜스를 신뢰하고 있었다. 랜스는 언제나 자신에 차 있었으니까.

다시 잠들 수 없어 복도를 걸어 다녔다. 여기저기에 탄내가 배어 있었고 집 안이 텅 빈 것 같았다. 침대를 정리하고 먼지를 터는 머시도 없고, 주방에서 찬송가를 흥얼거리는 요시야도 사라지고, 베란다를 청소하는 무고도 없었다.

서재 문이 열려 있었다. 아빠가 누군가와 통화하고 있었다.

"그렇소. 지금 아무도 없단 말이오. 오직 투르카나족 놈들…… 아니, 그들을 고용할 수 없소. 그들은 경비란 말이오! 당장 새 일꾼들이 필요하오…… 스미더스는 내가 원래 일꾼들 대부분을 죄다 갈아야 할 거라고 말했소…… 그럼, 누구에게 연락을 취해야 한단 말이오?"

나는 새로운 혼란에 직면하고 말았다.

오늘 아침 나는 경위의 말을 무서울 정도로 조용히 경청하는 아빠의 모습을 지켜보았다.

"일단 이런 사달이 나면, 일꾼들 누구도 믿어서는 안 되네, 안 그런가? 이제 확실히 알겠지, 잭?"

예전에 아빠가 랜스 아빠와 얼마나 격렬하게 클럽에서 언쟁을 벌였는지 기억이 채 가시지도 않았는데, 이제 경위가 했던 말을 그대로 따라하고 있을 뿐만 아니라, 아빠는 색출 작업 결과를 기다릴 여유조차 갖고 있지 않았다. 무고와 카마우는 물론이고, 다른 일꾼들도 분명 고통스러울 것이다. 그들은 자신들 모두가 결백하다는 사실을 알고 있다. 곧장 서재로 들어가 아빠에게 있는 그대로의 진실을 말하면 안 되는 걸까? 물론 수치와 아빠의 분노를 견디는 일은 매우 끔찍할 것이다. 하지만 정직한 소년이라면, 마땅히 용기를 내 진실을 말해야만 한다, 그렇지 않은가?

"뭐하고 있니, 매슈? 엄만 자고 있을 거라고 생각했는데."
뒤에서 들린 엄마 목소리 때문에 화들짝 놀랐다.
"일어났으면, 주방에 와서 엄마가 야채 다듬는 것 좀 도와주렴."
엄마는 아빠의 말을 엿들은 일에 대해서 뭐라 하지 않았다.

엄마를 따라 주방으로 갔다. 할 일이 있어 천만다행이다 싶었다. 성급하게 결정을 내리는 일을 막게 되었으니 말이다. 실에 콩을 꿰어야 했고, 감자와 당근을 씻은 다음 껍질을 벗겨야 했다. 무고가 할 때는 쉬워 보였는데 막상 해보니 만만치 않았다. 엄마조차 껍질 벗기는 칼자루를 쥐는 법을 가르쳐 주겠다며 시범을 보여 줄 때 왠지 서툴러 보였다. 두 사람 다 요시야와 무고의 이름을 입에 올리지 않았다. 하지만 암만 하는 일에 집중하려 해도, 경위의 가시철조망 수용소의 모습이 떠오르는 건 어떻게 할 수 없었다. 엄마와 아빠는 그 수용소에 대해 알고 있을까? 하지만 부모님께 물어볼 용기가 나질 않았다.

잠시 뒤 아빠가 엄마와 나를 불러 차에 타라고 했다. 낙농장에서 아침 우유를 짜야 하는 데 손이 필요했기 때문이다. 마우마우의 저항이 있기 전까지, 낙농장에 갈 때는 후추나무 산달밭을 가로질러 걸어갔었다. 하지만 요즘에는 아주 짧은 거리를 갈 때조차 아빠는 차를 이용했다. 차로 낙농장에 가려면 일꾼들 숙소 앞을 지나야 했다. 일꾼들이 밭에 나가 일할 때도 숙소 주변에는 언제나 누군가 있었다. 여자들이 빨래를 하고 있거나, 배가 볼록 나온 아이들이 발가벗은 채로 뛰놀고 있었다. 하지만 오늘은 적막에 휩싸인 게 참 이상해 보였다. 삐쩍 마른 개 두 마리만이 고개를 들어 차를 향해

나는 한 번이라도 뜨거웠을까?

가냘프게 짖어 댔다. 녀석들은 배가 고픈지 먹을 것을 찾아다니고 있었다.

낙농장을 에워싼 울타리 정문을 열며 경비들이 경례를 했다. 아빠가 보마 옆에 차를 세웠다. 보마 안에서 암소들이 착유장으로 들어가길 기다리며 서성거리고 있었다. 우유 짜는 노인 와마이가 보이지 않았다. 트럭에 실려 가던 사람들 중 그 사람을 보지 못했다. 하지만 키가 작은 데다 허리까지 굽었기 때문에 그 사람들 속에 파묻혀 있었을 것이다.

"하루 온종일 걸리겠어요!"

차에서 내리며 엄마가 한숨을 내쉬었다. 아빠는 벌써 저 앞에 걸어가고 있어 그 소리를 듣지 못했다.

"정말 오랜만에 해 보는구나. 그때는 젖 짜는 일이 재미있었는데."

엄마의 오른손이 권총집 주변을 맴도는 게 보였다.

착유장 안에서 아빠는 양동이, 암소의 젖통과 젖꼭지를 닦을 천, 냉각 용기를 보여 주었다.

"먼저 내가 하는 걸 잘 보도록 해."

아빠가 말했다.

"암소를 짜증나게 만들면 우유에 그대로 드러나거든."

"엄마에게만 보여주세요. 저는 할 줄 알아요. 무고와 많이 해봤어요."

무고의 이름을 입 밖에 낸 순간 곧바로 후회가 되었다. 아빠가 뭐라 하기 전에, 첫 번째 암소의 젖을 짜기 위해 서둘러 자리를 떴다. 착유장 후미진 구석에서 혼자 조용히 일만 할 수 있다면 얼마나 좋을까!

와마이가 시켰을 때, 무고가 그렇게 했듯이 나도 암소에게 가만히 말을 걸었다. 와마이는 모든 암소에게 '댓바람에 태어난 녀석'이나 '구부러진 다리를 가진 녀석'과 같은 키쿠유족 이름을 붙여주었다. 하지만 와마이가 없어 젖을 짜는 암소의 이름을 알 수 없었다. 하지만 머릿속에서 무고의 목소리가 들렸다.

"사근사근 대해 주세요. 아주 잘한다고 말해 주세요! 이렇게 젖꼭지를 당기세요. 처음엔 두 손가락으로, 다음엔 손가락을 모두 사용해서…… 이젠 꼭 짜세요!"

소 옆구리에 머리를 기대는데 암소의 배 속에서 꾸르륵 소리가 들렸다. 겁을 먹고 소가 찰 경우에 대비해서, 한쪽 발로 계속 양동이를 받쳤다.

천천히 했다. 일정한 리듬에 맞춰 우유를 짰다. 부모님 때문에 잡생각이 들게 하고 싶지 않았고, 엄마 아빠의 어설픈 일솜씨에 방해받고 싶지 않았다. 아빠조차도 나만큼 잘하는 것 같지 않았다. 암소 한 마리 한 마리에게 말을 걸어가자 차츰 마음이 평온해졌다. 착유장에서 일하는 동안은 "저를 배신했어요."라고 말하는 무고의 눈길과 목소리를 밀쳐낼 수 있을 것 같았다.

우리는 두 시간 넘게 우유를 짰다. 엄마와 아빠가 마지막 남은 두 마리의 젖을 짜는 동안, 밖으로 나와 착유장 뒤쪽을 거닐었다. 그때 작은 무언가가 허둥지둥 숲 뒤로 사라지는 모습이 눈에 띄었다. 애인가? 아빠를 부르려다, 혼자 살펴보기로 했다. 조심스럽게 숲을 향해 걸어갔다. 다가가 들여다보니, 길게 자란 풀숲에 몸을 웅크린, 여덟아홉 살쯤으로 보이는 남자아이가 공포에 사로잡혀 올려다보고 있었다.

"하바리?"26)

말을 걸었다. 아이는 아무 대답도 없었다. 스와힐리어를 모르는 건가?

"위 음웨가?"27)

무고가 가르쳐준 키쿠유 인사말을 기억해 냈다. 너무 무서워하고 있어 안심시켜 주고 싶었다. 아이는 입을 벌렸지만 아무 말도 못했다.

"괜찮아. 나랑 가자."

영어와 몸짓을 사용해서 말했다. 착유장으로 데려가는 동안 아이는 계속 떨었다.

아빠는 아이를 보자마자 목동이라는 것을 알아보았고, 키쿠유어로 말을 건넸다. 그러자 마침내 아이가 말문을 틔웠다. 어젯밤 아이는 초원에 풀어놨던 암소들을 보마 안으로 몰아넣었다. 하지만 자기 아빠에게 혼날 일이 있어, 집으로 돌아가는 게 무서웠다. 그래서 와마이 몰래 착유장 뒤편 숲에 숨어서 하룻밤을 잤다. 이른 아침에 소란스러운 소리를 들었고 아이는 뭔가 안 좋은 일이 일어났다는 것을 알았다고 했다. 숨어서 경찰들이 와마이를 잡아가는 것을 보

---

26) '안녕!'을 의미하는 스와힐리어.
27) '안녕!'을 의미하는 키쿠유어.

았다. 아이는 경비들이 무서워서 어떻게 해야 할지 갈피를 잡을 수 없었다. 아이가 초조하게 쏟아내는 짧막한 말들을 아빠가 중간 중간 해석해 주었다. 그 사이 엄마는 컵에 우유를 따라 아이에게 건네줬다. 아이는 오래 굶주린 사람처럼 우유를 단숨에 마셨다.
"이 아이를 어떻게 할 거죠?"
엄마가 물었다.
아빠가 잠시 망설인 다음 대답했다.
"스미더스에게 알릴 거요. 이 아이의 가족이 어떻게 될지에 따라 정해지겠지. 그동안은 경비들에게 맡겨 먹을 것을 주고, 계속 눈여겨보라고 할 거요. 새 일꾼들이 올 때까지, 적어도 이 아이는 우유 짜는 일을 도울 수 있을 거요."
아빠는 경비들에게 아이를 데려갔다. 아이와 경비들 둘 다 아빠의 조치를 별로 달가워하지 않는 것 같았다. 하지만 다들 따를 수밖에 없었다.
점심 뒤 임시 마구간으로 사용할 헛간을 청소하는 것을 도왔다. 말들은 신경이 곤두섰고 불안해 했다. 녀석들을 진정시키려고 애쓰는 아빠를 보면서, 카마우가 말들을 진정시키던 모습이 떠오르는 걸 막을 수 없었다. 종마는 가장 다루기 힘든 녀석이었다. 하지만 카마우는 배 속 깊은 곳에서 울려나오는 듯한 목소리로 자파리의 이름을 불러 귀를 쫑긋 세우고 성난 검은 눈을 안정시킬 수 있었다. 녀석들에게 말을 건넬 때, 카마우는 항상 키쿠유어를 사용했다. 카마우는 말들이 키쿠유족의 긴 이야기를 좋아한다고 우스갯소리를 한 적이 있었다. 그때 카마우의 눈은 웃고 있었고, 나 또

나는 한 번이라도 뜨거웠을까?

한 웃었다. 카마우가 들려주는 이야기는 언제나 최고였다. 갑자기 눈물이 솟았고, 나는 건초 더미에 엎어져, 팔에 얼굴을 묻고 흐느꼈다.

"왜 그러니? 무슨 일이냐?"

아빠의 물음이 처음엔 아득하게 들렸다. 그러다 점점 커지는 총소리처럼 귀에 울렸다.

"우리 모두 속상하다, 매슈. 하지만 우리는 어떻게든 헤쳐 나가야 한다."

머리를 쓰다듬는 아빠의 따사로운 손길이 느껴졌다. 하지만 흐느낌을 멈출 수가 없었다. 멈추지 않았다.

"아빠는…… 아무것도…… 모르세요! 모든…… 게…… 제 잘못이에요!"

"그래, 아빠는 무슨 말을 하는지 모르겠구나!"

아빠는 짜증나고 피곤한 것 같았다. 뒤쪽에서 자파리가 힝힝거리며 동요했다.

"네가 불안해하니까 말들도 그렇구나. 먼저 집에 가. 그리고 할 말이 있으면, 집에서 하자꾸나."

간신히 몸을 일으킬 수 있었다. 옷에 달라붙은 건초를 떼지도 않고, 앞이 뿌옇게 흐려진 채로 집으로 갔다. 모든 일을 다 망쳐놓았고, 사람들을 죄다 곤경에 빠뜨렸다.

그날 늦게 서재에서 아빠가 무슨 일이냐고 물었을 때, 난 모든 잘못을 고백했다. 아빠는 책상에 기대어 있었고, 엄마는 아빠 옆의 안락의자에 앉았다. 두 사람은 내가 사실을 털어놓는 동안 아무 말도 하지 않았다. 두 분의 얼굴을 마주할 엄두가 나지 않았다. 엄마의 얼굴에는 괴로워하는 빛이 역력할 터이고, 아빠는 엄청 화를 낼 게 분명했다. 그러나 예상과 달리, 오랜 침묵 끝에 입을 연 아빠의 목소리는 너무나도 차분했다.

"너무 늦었다, 매슈. 마구간과 밭은 이미 모두 타 버렸다. 네가 이 모든 일을 저질렀고, 일꾼들도 다 사라졌다."

"하지만 불을 낸 범인이 카마우와 무고가 아니라는 사실을 아빠가 랜스 아빠에게 말씀 해 주세요! 그들은 결백해요."

"경위의 말에 의하면 그렇지 않다."

난 미간을 찌푸렸다.

아빠가 무슨 말씀을 하는 거지?

"카마우는 지타우가 이번 학기에 학교로 가지 않은 사실을 알리지 않았어."

아빠가 씁쓸한 목소리로 말했다.

"단 한 마디도 의논하지 않았단 말이다!"

"랜스 아빠는 그 애가 산에서 활동하는 마우마우 패거리에 합류했다고 하더구나."

한숨을 내쉬며 엄마가 덧붙였다.

"랜스 아빠가 무슨 재주로 그걸 알아요?"

내가 소리쳤다.

"국방시민군이 제공한 정보를 통해서지."

아빠가 퉁명스레 내뱉었다.

"그들이 산에서 지타우를 본 게 확실하다는 구나. 또 지타우가 가족에게 식량을 얻기 위해 여기로 내려온다는 게 틀림없다는 구나."

엄마가 더 자세하게 설명했다.

"경위는 카마우와 여기 사람들이 공급망의 일부라고 여기고 있단다. 어쩌면 무고도 주방에서 음식을 빼돌렸을지 몰라!"

놀라 어안이 벙벙했다. 엄마가 셔츠의 옷깃을 만지작거린 다음, 무릎 위에 올려놓은 권총집에 재빨리 갖다 대는 모습을 멍하니 지켜봤다. 모든 것이 말도 안 되는 헛소리였다. 무고가 어떻게 요시야 몰래 음식을 손에 넣을 수 있단 말인가?

"그러니까, 매슈, 그런 일이 없었어도 경위는 우리 일꾼들을 잡으러 왔을 거란다."

엄마가 얘기를 그만 끝내자는 듯 말했다.

"스미더스가 옳았소. 내가 너무 사람들을 믿었던 게요!"

아빠가 기대고 있던 책상을 손가락으로 초조하게 두드리며 말했다.

"경위는 일꾼들 모두가 맹세를 했다고 여기오. 그렇게 많은, 빌어먹을 인간들, 전부 말이오."

머리가 아팠다. 양심에 따라 진실을 말했다. 그런데 아빠는 불을 낸 장본인이 나라고 해도, 어쨌든 무고와 카마우가 유죄라고 말하고 있었다. 다른 어떤 일꾼보다도 아빠가 믿었던 충실한 카마우…… 언제나 나쁜 일이 생기지 않도록 신경 쓰고…… 돌봐 줬던 무고…… 어제만 해도 엄청난 재앙으로부터 나를 구해 주려고 무척이나 애썼던 그 무고에게 죄가 있다니! 모든 것이 혼란스러웠다.

도망치고 싶었다. 하지만 엄마가 아직 해야 할 일이 남았다고 말했다. 저녁 우유를 짜줘야 할 암소들이 기다리고 있었다. 얘기가 길어졌기 때문에 더 지체하면 해가 진 뒤에도 낙농장에 남아 있어야 할 형편이었다. 해가 지기 전까지는 모든 일을 완결짓고 안전하게 집 안에 머물러야 했다.

나는 한 번이라도 뜨거웠을까?

이별
– 무고 이야기

눈을 뜨자 나는 차가운 콘크리트 바닥 위에 있었다. 얼마나 오래 있었을까? 한 시간, 하루…… 아니면 그 이상? 빨간 모자 하나가 내려다보며 서 있었다.

"일어서! 네놈은 운이 좋구나. 경위님이 지금 널 풀어주시겠단다."

무슨 말인지 인식이 잘 안 되어 나는 빨간 모자의 말을 뇌 속에 넣어 가공하려고 애썼다.

"서둘러! 서둘러!"

빨간 모자가 발로 나를 쿡쿡 찔렀다. 간신히 바닥에서 몸을 일으킬 수 있었다.

"바바도 풀려나나요?"

"경위님이 바본 줄 아냐? 아주 오랫동안 네 애비 상판대기도 구경하기 힘들걸."

"그럼 바바는 어디로 가나요?"

내가 울부짖었다.

"강제 수용소."

"강제 수용소?"

나는 나도 모르게 그 단어를 따라 내뱉었다.

강제 수용소는 감옥과 똑같은 곳이 아닌가! 그곳에선 아사, 매질 그리고 그보다 더한 일들도 일어난다는 소문이 셀 수 없이 많았다. 그곳에 한 번 갇히면 영원히 사라진다는 소문도 있었다.

"영국 군인들이 취조하게 되면, 네 애비가 경위님께 말하지 않은 사실까지 전부 토해 내야 할 것이다."

"하지만 바바는 마우마우가 아니에요."

"하하! 모두들 그렇게 말하지."

빨간 모자는 경찰봉으로 찌르며 나를 문으로 몰아냈다. 환한 빛이 눈을 쿡쿡 찔렀다. 임시 수용소 위로 높이 솟은 목재 감시탑 뒤에서 태양이 화살로 공격하는 것 같았다. 빨간 모자는 감시탑 아래 세워져 있는 트럭을 경찰봉으로 가리켰다. 트럭 짐칸에는 이미 사람들이 가득했다.

"서둘러! 네놈을 기다리고 있잖아."

비치적거리는 다리로 간신히 트럭을 향해 달렸다. 가까이 다가가니 남동생과 여동생의 얼굴들이 보였다. 마미 양쪽에 앉은 동생들의 얼굴이 겁에 질려 입을 벌린 작은 가면 같았다. 다른 일꾼들의 얼굴도 보였다. 풀려난 사람이 고작 이들뿐이란 말인가? 사람들이 손을 뻗어 트럭을 타도록 도와주었다. 동생들이 나를 끌어안더니 마미가 있는 곳으로 데리고 갔다.

"널 다시 보게 해 주시다니, 은가이님께 정말 감사하구나. 무고, 바바는 어떠시니?"

침착했던 마미의 목소리가 깨진 항아리에서 물이 새듯 갈라져 나왔다. 그 목소리에 밴 마미의 두려움이 느껴졌고 나는 고개를 들 수 없었다. 바바의 끔찍했던 비명을 어떻게 전할 수 있겠는가?

"사람들도, 바바도 보지 못했어요."

눈길이 마미가 바라보는 곳으로 돌려졌다. 가시철조망이 에워싼 낮은 건물이 내가 갇혀 있던 곳이었다. 그 왼편에, 머리에 양손을 깍지 끼고 남자들이 줄을 지어 땅바닥에 쪼그려 앉아 있었다. 배에서 심한 경련 같은 게 일었다. 언젠가 지타우 형이 선생님이 학생들에게 이런 식으로 쭈그려 앉게 하는 벌을 내린다고 했던 말이 생각났다. 중간에 고꾸라지면 매를 맞는다고 했다. 회초리를 든 선생님 대신 총을 든 경비들이 그들을 둘러싼 게 다를 뿐이었다. 저 남자들 모두 '강제 수용소'로 가는 걸까? 바바가 학교의 어린 아이들처럼 모욕당하는 모습을 절대 보고 싶지 않았다. 하지만 그것보다 더 끔찍한 것은 바바가 어디 있는지 모른다는 것이었다.

"저들이 네 바바에게 무슨 짓을 한 거지?"

마미가 양손을 꽉 쥐었다.

"아무도 네 바바를 보지 못했다고 하는구나."

주변을 살폈다. 대부분이 여자들과 아이들이었고, 멍한 표정의 노인들 몇몇만 있었다. 그들 뒤로 요시야와 머시의 모습이 얼핏 보였다. 요시야는 바닥에 앉았고, 머시는 요시야에게 기대어 앉아 있었다. 머시는 두 눈을 감았고, 두 다리는 축 늘어져 있었다. 황급히 시선을 돌렸다.

"마미, 바바는……."

주춤했다.

빨간 모자가 한 이야기를 마미에게 해줘야 했다. 하지만 말이 목에 걸려 넘어오지 않았다. 그때 갑자기 엔진소리가 들리더니 트럭이 흔들렸다. 너무 늦기 전에 바바를 마지막으로 본 장소를 마미에게 보여줘야 했다.

"저길 봐요, 마미!"

풀려나온 건물에 문들이 일렬로 나 있는 곳을 손가락으로 가리켰다. 그중 한 문이 열려 있었지만, 어두워서 안쪽이 보이지 않았다. 저 방이 바바를 가둬놓은 바로 그 방은 아닐까? 아니면 바로 그 옆방에 바바가 누워 있는 것은 아닐까?

"바바를 저기에 가둬놨어요, 마미!"

트럭이 건물 옆으로 막 돌아서려는 찰나에 나는 간신히 내뱉을 수 있었다. 그리고 다른 말들도 내 입에서 마구 쏟아져 나왔다.

"당신들이 뭔데, 바바를 가둬! 바바를 돌려줘!"

그러나 내 말들은 시끄러운 엔진 소리에 파묻히고 말았다. 트럭이 건물 오른쪽으로 방향을 틀었다. 강제 수용소로 이송될 사람들의 모습이 시야에서 사라졌다. 건물 뒤편에는 작은 마당이 있었는데, 오두막 몇 채가 세워져 있었다. 그중 한 곳에서 빨간 모자 두

나는 한 번이라도 뜨거웠을까?

명이 나오고 있었다. 그들이 무언가를, 누군가를 문 밖으로 잡아당겼다. 두 다리가 땅바닥에 질질 끌렸다. 고개가 축 늘어지고, 얼굴이 바닥을 향하고 있어서 누군지 알아볼 수는 없었지만, 그 사람이 입은 재킷은 절대 잘못 알아볼 수 없는 바바의 것이었다. 어린 동생들이 그 모습을 보지 못하도록, 마미가 그들의 머리를 꼭 끌어안았다. 소리 없는 폭풍이 휘몰아칠 때 내리치는 번개 같은 충격이 마미의 온몸을 관통하는 듯했다. 복받쳐 오른 마미의 눈물이 두 뺨 위로 소리 없이 흘러내렸다. 마미의 가슴에 그만 머리를 묻고 말았다. 슬픔과 분노가 부풀어 오르고 있었다.

친구
- 매슈 이야기

 새 일꾼들은 며칠이 지나서야 농장에 왔다. 아빠가 인력중개인한테 키쿠유족 출신이 아닌 사람들을 요구했기 때문에, 북쪽에서 새 일꾼들을 모아 데려오는 데 시간이 걸렸다. 아빠는 이제 암소, 암탉, 말 그리고 채소밭 돌보는 일을 돕지 않아도 된다고 했다. 하지만 집 안에서는 계속 엄마를 도와야 했다. 요리나 집안일을 할 수 있다고 한 일꾼들 중 엄마의 마음에 쏙 드는 사람이 없었다. 아침 식탁에서 엄마의 불만을 아빠는 한쪽 귀로 듣고 한쪽 귀로 흘리는 것 같았다.
 "요시야나 머시를 대신할 사람이 없어요."
 "그렇다면 당신이 그들을 가르쳐야 할 게요."
 아빠는 까칠하게 답했다.

"전 아직도 머시와 요시야가 마우마우라는 게 정말로 믿어지지 않아요."

엄마가 이 말을 벌써 수십 번도 더 했기 때문에, 이제는 후렴구처럼 들렸다.

"정말 그 두 사람은 아닌 것 같아요."

"그렇게 생각하든 안 하든, 프랭크가 입수한 정보에 따르면 사실이오. 이곳에서 일했던 인간들은…… 단 한명도 빠짐없이 모두…… 그 빌어먹을 맹세를…… 했단 말이오!"

아빠가 손으로 탁자를 톡톡 두드려 도자기 잔이 받침 접시 위에서 달그락거렸다.

"일단 맹세를 했다면, 그 누구도 믿어서는 안 되는 거요."

엄마는 아무 말도 하지 않았다.

"적어도 프랭크가 배신자 카마우처럼 요시야와 머시를 강제 수용소로 보내지는 않았잖소!"

"하지만 그들이 보호구역에서 어떻게 살아갈지……."

"그건 우리가 상관할 일이 아니오."

아빠가 엄마의 말을 중간에서 딱 잘랐다.

"우리는 프랭크의 결정에 이의를 제기해서는 안 되오. 프랭크의 충고는 분명하오. 단 한 사람도 다시 받아들이지 말 것! 그리고 이제 나는 내가 돌봐야할 새 일꾼들을 갖게 되었소."

그 말과 함께 아빠는 주방에서 나갔다.

아지트를 잃은 뒤로, 갑갑한 집에서 벗어나 숨을 쉴 가장 좋은 장소가 사격 연습장이었다. 아지트만큼 은폐되어 있진 않았지만, 적어도 앞의 과수원이 가리개 구실을 해 주었다. 반대편으로는 가시철조망 울타리 너머로 수풀 지대가 내다보였다. 그곳에서 무고와 절단된 울타리를 발견했었고, 내 경솔함과 새 레드라이더 때문에 코끼리에게 봉변을 당할 뻔했었다. 그날 무고는 나를 코끼리뿐만 아니라 아빠의 분노에서도 구해 주었다. 지금은 그날이 아주 먼 옛날처럼 느껴졌다.

이제 낙농장에 갈 필요가 없어 다행이라고 생각하며, 사격 연습을 했다. 하지만 곧 혼자 연습하는 게 심심해졌다. 제대로 집중도 되지 않았고, 아침 식탁에서 부모님의 언쟁을 잊을 수 없었다. 카마우가 강제 수용소로 이송되었다는 말을 들었을 때는 정말 폭탄을 맞은 것 같았다. 그게 끝이 아니었다. 화재로 모든 것이 바뀌고 말았다. 랜스가 비열하고 더러운 거짓말쟁이라는 것을 알게 된 참에, 아빠는 갑자기 랜스 아빠가 하는 말을 전적으로 신뢰하게 된 것이다. 내가 랜스와 친구로 지내고 싶어 했다는 사실에 혐오감이 치밀었다.

레드라이더를 땅에 내려놓고 나무 그루터기에 앉아 두마를 불렀다. 두마의 귀를 어루만져주었다.

"이제 네가 유일한 친구야, 그렇지, 두마?"

두마는 꼬리를 흔들며, 나를 올려다보았다. 녀석의 구릿빛 털이 아침 햇살을 받아 반짝거렸다.

"두마, 너도 무고가 보고 싶지?"

녀석이 기대에 부풀어 눈과 귀를 치켜들었다. 두마의 목을 감싸 안으며 녀석의 부드러운 털에 얼굴을 묻었다.

"이제 무고는 돌아오지 않아, 너도 알잖아! 모든 것이 개판이 되었어!"

두마가 낑낑거렸다.

"학교로 돌아가고 싶지 않아. 이제 학교에는 친구가 한 명도 없어."

두마에게 가만히 내 속내를 이야기했다.

"랜스가 그렇게 할 거야."

갑자기 두마가 큰 소리로 컹컹 짖어 댔다. 랜스의 이름 때문에 짖는 건가? 두마는 불쑥 방향을 틀더니, 계속 짖으며 울타리 쪽으로 내달렸다

"왜 그래, 두마? 거기에 뭐가 있는데?"

총을 집어 들고 서둘러 쫓아갔다. 두마는 철조망 울타리를 따라 종종걸음을 치고 있었다. 녀석은 밑으로 빠져나갈 공간을 찾는 것처럼 보였다. 하지만 가시철조망 하단이 지면에 바투 붙어 있어 불가능했다. 두마는 낑낑거리다가 짖어댔다. 무언가 울타리 반대편에 있는 게 틀림없었다.

울타리 모퉁이 부분에 도착하자 두마가 앞으로 튀어나갔다. 녀석은 흥분과 낙담 때문에 앞뒤로 오르락내리락했다. 갑자기 그 이유를 알게 되었다. 울타리 반대편 숲이 개간되어 있었다. 카마우의 집이 있었다. 그리고 누군가 의자를 뒤집어 잔뜩 쌓아놓은 문 밖으로 비틀거리며 나오고 있었다. 무고였다. 무고는 팔과 가슴 사이에 괭이도 하나 끼고 있었다.

"무고!"

거의 순간적으로 나도 모르게 그 이름이 입 밖으로 나왔다.

무고가 멈췄다. 그리고 날 쳐다보았다. 몇 발자국 앞서 걸어가던 무고의 엄마와 동생들도 멈췄다. 세 사람 모두 살림살이를 가득 들고 있었다. 하지만 무고는 순식간에 내 시선을 비껴갔다.

"빨리! 빨리! 그렇지 않으면 살림살이들을 다 버릴 테다!"

카키색 제복을 입은 경찰 한 명이 무고 뒤쪽 문에서 나왔다. 경찰이 소리를 고래고래 지르지 않았어도 무고는 나를 쳐다보지 않을 것 같았다.

무고의 식구들이 울 안 경계 지역인 바나나나무에 다다랐을 때 갑자기 무고 엄마가 뒤돌아서더니 들고 가던 냄비들을 무고의 집에 허둥지둥 올려놓았다. 그러고는 머리에 이고 있던 상자를 한손으로 꽉 잡은 다음, 집 뒤편으로 내달리기 시작했다. 경찰이 막대기를 마구 휘둘렀지만, 무고 엄마는 멈추지 않았다. 집 뒤편에서 얼마동안 꽥꽥거리는 소리가 울려 퍼지더니, 잠시 뒤 무고 엄마가 양쪽 겨드랑이에 암탉 한 마리씩을 끼고 나타났다. 무고 엄마는 경찰의 사정권에 한 발자국 벗어나 쫓기며, 아이들을 따라잡기 위해 종종걸음을 쳤다. 그때까지도 집 뒤꼍에서는 꽥꽥거리는 소리가 났다.

불현듯 새로운 사실들을 깨달았다. 화재가 난 뒤로 닭들은 계속 먹지 못했을 것이다. 카마우를 대신할 새 일꾼이 무고의 암탉과 텃밭, 그들이 가져가지 못한 것들을 물려받게 될 것이다. 하지만 보호 구역에는 아무것도 없다. 보호 구역에서의 삶이 어떨지 대충은 상상이 갔다. 나이로비에 갔을 때 몇 번 그 앞을 지나쳤었다. 소들이 풀들을 다 먹어 치워 보호 구역은 황폐해질 대로 황폐해져 있었다. 그곳의 소들은 아빠의 소들과 달리, 갈비뼈가 앙상하게 드러날 정도로 말랐다. 소들도 먹을 게 없는데, 사람들이 먹을 게 있기는 할까?

얼굴로 피가 쏠리는 것 같았다. 보호 구역으로 끌려가기 전에 무고를 꼭 봐야 했다. 무슨 말을 해야 할지 모르겠지만, 어떻게든 무고를 봐야 했다. 달렸다. 가장 빠른 지름길은 집을 곧장 가로질러 가는 것이다. 순식간에 나는 프렌치 창문을 넘어 거실로 들어간 다음, 복도를 달려 식품 저장실로 달려갔다. 엄마가 주방에서 일하는 소리가 들렸다. 숨을 멈추고 요시야의 비스킷 단지 뚜껑을 열었다. 바삭바삭한 버터 비스킷이…… 요시야의 특제품이 아직 좀 있었다. 요시야가 보관해 둔 갈색 종이봉투 하나를 꺼내, 그 안에다 가능한 한 소리 나지 않게 비스킷을 가득 담은 다음, 복도로 나왔다.

현관 앞에서 아빠가 백인 경찰과 얘기를 나누고 있었다. 그 옆에는 사람들과 짐을 가득 실은 트럭이 서 있었다. 그들은 철책 반대편에 있었고, 정문은 닫혀 있었다. 정문으로 달려가자, 두마가 집 옆에서 맹렬한 기세로 달려왔다.

"잠보!"[28]

경비들에게 크게 소리쳤다. 그들은 꽂을대를 가지고 등을 보이

---
[28] '안녕'을 의미하는 스와힐리어.

고 있었다.

"열어! 문 열어줘!"

두마가 내 말을 반복하듯 짖어댔다.

하지만 경비들이 뒤돌아서기 전에, 아빠가 손을 들어 '안 돼!'라는 신호를 보냈다. 그들은 절대 정문을 열지 않을 것이다.

"안으로 들어가라, 매슈."

아빠가 단호하게 소리쳤다.

"무고에게 작별인사를 하고 싶어요…… 그리고 요시야와 머시에게도!"

무고는 보이지 않았다. 하지만 그때 트럭을 향해 구부정하게 걸어가는 요시야가 눈에 들어왔다. 그 옆에는 머시가 발을 질질 끌고 있었다. 두 사람 다 보따리를 잔뜩 들고 있었다. 요시야와 머시는 언제나 얼룩 한 점 없이 빳빳하게 풀을 먹인 제복을 차려입었다. 하지만 지금 그 둘의 옷은 더럽고 구김투성이였다. 마지막으로 본 날 뒤로, 요시야와 머시는 정말 폭삭 늙어버렸다.

아빠가 백인 경찰에게 양해를 구한 뒤 다가왔다.

"그들이 떠나는 모습을 네가 볼 필요는 없어, 매슈."

아빠는 울타리 반대편에서 차분히 달랬다.

"모든 일이 끝나고 정리될 때까지, 엄마처럼 집 안에 있어라."

"하지만 전 작별 인사를 하고 싶어요! 정말 빨리 할게요."

나는 아빠에게 애원했다. 무고에게 비스킷을 전할 수만 있다면, 무고에게 내가 정말 미안해 한다는 것과, 떠나기를 바라지 않는다는 것을 알리고 싶었다.

"우리에게는 이 일에 개인적인 감정을 개입시킬 여유가 없어, 매슈. 당장 안으로 들어가!"

아빠는 얘기를 나누던 경찰에게로 되돌아갔다. 콧날이 시큰해지면서 눈물이 핑 돌았다. 손등으로 얼굴을 훔쳐냈다. 아빠의 말을 듣지 않으면 혼날 게 분명했다. 하지만 아빠의 지시를 따를지 말지 마음도 먹기 전에, 무고가 나타났다. 아빠 뒤에서 트럭을 향해 휘청거리며 걸어가고 있었다. 그때, 턱까지 쌓아올린 짐 때문에 무고가 발을 헛디뎠다. 하지만 묘기를 부리듯 재빨리 균형을 잡아 물건을 떨어뜨리지 않았다. 무고의 얼굴에 흐르는 땀방울들이 뙤약볕을 받아 반짝거렸다. 예전에 무고는 이런 재주를 피우면 씩 웃었다. 그러나 오늘은 아니었다.

"무고!"

큰 소리로 그의 이름을 불렀다.

"여기야, 무고!"

다시 한 번 내 말을 반복하듯 두마가 뒤이어 짖어 댔다. 무고가 나와 두마의 소리를 들었는지 알 수 없었다. 그때 무고가 천천히 고개를 돌려 우리가 있는 쪽을 봤다. 초원에서 백 미터 이상 떨어진 동물의 꼬리나 귀의 끝부분까지 식별하는 무고의 천리안이 응시하고 있었다.

"네게 줄 게 있어, 무고!"

갈색 종이봉투를 들어올렸다. 아빠가 성큼성큼 걸어왔지만, 무고에게 꽂힌 내 시선은 흔들리지 않았다. 무고가 어떻게든 반응해 주기를 필사적으로 바랐다. 하지만 아무런 반응이 없었다. 무고는 분명 날 보았고, 내가 외치는 소리도 들었다. 그런데 왜 아무 반응도 보여 주지 않는 걸까? 실망감을 억누르기 위해 입술을 꽉 다문 채, 올리고 있던 종이봉투를 내렸다. 아빠가 다가와 내 앞을 막아섰다.

"그 안에 뭐가 들어 있느냐?"

아빠는 화가 단단히 난 것 같았다. 하지만 나는 철조망 사이로 갈색 봉투를 내밀었다.

"이건…… 이건…… 무고 거예요!"

더듬거렸다. 아빠가 잡아채기 전에 봉투를 잡아당겼지만, 철조망 가시에 걸리고 말았다. 그 순간 버터 비스킷이 땅으로 떨어졌다.

아빠의 한숨이 들렸다.

"이제 안으로 들어가겠니, 매슈? 좀 더 크면, 너도 이해하게 될 거다."

난 움직일 수 없었다. 가시철조망 뒤에 우두커니 서 있었다. 메마른 붉은색 땅 위에 흩어진 요시야의 비스킷을 뚫어져라 쳐다보았다. 두마가 제 발 밑에 떨어진 비스킷을 재빨리 먹어 치웠다. 나머지는 곧 개미들이 깨끗이 해치울 것이다. 눈물 때문에 시야가 흐려졌다. 트럭에 시동이 걸리는 소리가 들렸다. 다시는 무고와 요시야와 머시를…… 그리고 카마우를…… 보지 못할 것이다. 지금 이해할 수 없는데, 나중에는 어떻게 이해할 수 있게 될까?

불길
– 무고 이야기

나는 한 번이라도 뜨거웠을까?

바퀴가 구르며 흙먼지가 목과 콧구멍 속으로 마구 들어왔다. 트럭이 울퉁불퉁한 길을 달릴 때마다, 사람과 짐이 발 디딜 틈도 없이 들어찬 트럭 전체가 덜커덩거리며 요동쳤다. 그러면 사람들이 다른 사람과 짐에 부딪히거나 떠밀리곤 했다. 담요 몇 장을 포개놓고 마미, 요시야, 동생들과 함께 앉아 있었다. 머시는 바닥에 누워 있었다. 머시의 머리 옆에는 마미가 구멍 몇 개를 뚫어 놓고 암탉들을 넣어 놓은 상자가 있었다. 머시는 마미가 건넨 담요 한 장을 베개로 사용했다.

키리냐가로부터 빠르게 멀어지고 있었다. 은가이와 조상의 위대한 산은 이미 먼 곳의 개밋둑처럼 보였다. 음준구는 마치 뱀이 개미를 쫓아내듯이 우리들을 집에서 쫓아냈다. 손에 들고 갈 수 있는 것을 제외한 모든 것들을 남겨두고 떠나야만 했다. 시내의 중고 가게에서 집까지 직접 날라 온 마미의 자랑거리인 탁자와 의자, 바바가 마미를 위해 손수 만든 나무 침대, 마미가 빻아서 보관해 둔 옥수수 가루, 밭에서 수확만을 기다리는 콩과 토마토와 야채들……. 경찰들이 "꾸물대지 마! 빨리!"라고 소리 지르며 재촉하는 통에 남겨두고 올 수밖에 없었던 수많은 것들. 공포에 질려 허둥대는 바람에 보물 주머니도 잊어버릴 뻔했다.

그래, 지타우 형이 옳았어! 우리가 고통 받아도 와준구는 신경 쓰지 않아. 그들에게 우리는 벌레야.

형이 했던 말이 떠올랐다. 그리고 땅에 두 다리를 질질 끌며 끌려가는 바바의 모습이 떠올라 움찔했다. 바바는 자신이 어디로 끌려가는지도 모른 채, 머시처럼 트럭 바닥에 드러누워 있을 것이다. 바바에겐 꿈이 있었다. 아이들이 학교에 다니고 와준구의 지식을 배워 오는 것. 그러면 자식들은 땅을 되찾는 방법을 배워 올 것이라는 믿음! 또한 와준구도 우리들을 존중하는 법을 배울 것이라는 기대!

'그들도 사람이고, 우리도 사람이다.'

그런데 지금 바바의 꿈은 어디를 떠도는 걸까? 위대한 선지자의 예언은 어떤 식으로 실현될까? 우리 가족은 영원히 개미로 남는 것은 아닐까?

주먹을 쥐고 담요 속으로 집어넣었다. 그런데 갑자기 요시야가 한 손으로 내 주먹을 꽉 움켜잡아 난 놀랐다.

"네 아버지는…… 카마우는 아주 좋은 사람이다."

요시야가 낮고 걸걸한 목소리로 뜻밖의 말을 했다. 마치 허를 찔린 것 같고. 내가 무슨 생각을 하는지 요시야가 아는 것 같았다. 바바와 요시야는 전혀 친한 사이가 아니었다. 요시야는 바바 때문에 고초를 겪게 되었다고 원망하지 않았을까? 경위는 분명 모든 사람들에게 지타우 형에 대해 꼬치꼬치 물어봤을 것이다.

"이 불은, 우리 모두보다 훨씬 더 거대하단다, 내 아들아."

내 아들아!

지금까지 단 한 번도 요시야가 나를 그렇게 부른 적은 없었다. 요시야의 손바닥에 밴 따뜻한 온기가 피부로 느껴졌다.

"그 불이 모두를…… 키쿠유족과 와준구, 그 밖의 모든 사람들을 집어삼킬 것이다."

요시야가 내 주먹에서 손을 떼더니 허벅지를 치며 말했다. 마치 내게 말하는 것이 아니라 자신에게 말하는 것처럼 보였다.

"하지만 그 불이 네 심장을 집어삼키게 해서는 절대 안 된다. 알겠니?"

팔짱을 낀 채 팔을 가슴팍에 두었다. 어떻게 그 불을 멈추게 할 수 있을까? 이미 머리에서 배까지, 그 불은 온몸에서 활활 타올랐다. 고통이 심장 안에서 똬리를 틀고 있었다. 입 안이 말라 말을 할 수 없을 정도였다. 요시야의 말이 무슨 뜻인지 알 것 같았다. 요시야는 미워하지 말라고 말했다. 요시야는 아마 자기 자신에게도 증오하지 말라고 말하는 중일 것이다.

길을 따라 세워진 가시철조망을 훑어보았다. 한 울타리가 끝나면 다른 울타리가, 그리고 또 다른 울타리가 이어지고 있었다. 와준구는 어느 곳에든 다 있었다. 갑자기 개 짖는 소리가 들려 고개를 돌렸다. 철조망 뒤에서 하이에나 얼굴과 닮은 개 세 마리가 트럭을 뒤쫓고 있었다. 녀석들의 맹렬한 기세는 당장 누군가를 갈기갈기 찢어 놓을 것처럼 보였다. 브와나의 울타리 뒤에서 내게 오려고 아등바등 거리던 두마가 생각났다. 녀석이 원한 것은 코를 대어 냄새를 맡는 것뿐이었다. 하지만 브와나는 두마를 막았다. 마지막으로 녀석의 길고 부드러운 귀 뒤를 긁어 주고 싶었다. 음준구 소년은 두마 옆에 서서 "무고! 무고!" 하고 불렀다. 음준구 소년이 나를 부르는 소리를 얼마나 많이 들었을까? 하지만 오늘 그의 목소리는 "서둘러, 무고!"나 "나랑 놀아, 무고!"라는 평소의 목소리가 아니었다. 애원하는 듯한 소리였다. 하지만 그 역시 브와나가 못하도록 막았다.

음준구 소년이 손에 든 종이봉투가 보였다. 봉투가 철조망 가시에 걸려 찢어지기 전에, 두마가 붉은 땅에 코를 대고 쿵쿵거리기 전에, 그것이 요시야의 비스킷 봉투라는 것을 알았다. 자기 아지트에서 군것질할 비스킷을 챙길 때마다, 소년은 항상 그 갈색 종이봉투에 담았다. 나중에야 요시야의 투덜거림은 자신의 비스킷이 인기 있는 것에 대한 은근한 자랑임을 알았다.

갑자기 목이 콱 막혔다. 브와나가 나를 주방 토토로 부리지 않았더라면 훨씬 상황이 좋았을 것이다. 초원에서 계속 소를 돌봤다면, 할아버지 땅을 빼앗은 자의 손자인 음준구 소년을 알지 못했을 것이다. 염소 가죽으로 장난감 고무총을 만드는 방법을 그 소년에게 처음으로 가르쳐 준 사람은 나였다. 바나나 잎으로 공을 만드는 방법과, 대나무로 저금통을 만드는 방법과, 사이잘로 덫을 만드는 방법도 나는 그에게 처음으로 가르쳐 주었다. 남동생에게 가르쳐 준 모든 것들을 소년에게 전수하였다. 소년이 바보같이 굴거나 잘난 척을 하면, 최대한 그것을 무시하려고 했다. 바바가 어렸을 때 브와나를 돌보았듯이 그 소년을 돌보았다.

불이 났던 날 밤, 의심 가득한 눈초리로, 자기를 배신했다는 브와나의 힐난이 가득한 시선을 어떻게 잊을 수 있겠는가!

지타우 형은 우리에게 일어난 일을 알고 있을까? 형이 "이제 알겠어? 이제야 알겠느냐고?"라고 묻는 듯, 분노로 이글거리는 눈을 가늘게 뜬 모습이 상상이 되었다. 냄비에 손을 넣어 나무 숟가락 사이에 묻어 두었던 작은 가죽 주머니를 꺼냈다. 주머니에 손을 집어넣고 음준구 소년이 준 구슬들, 새총, 멤사힙의 사기그릇 조각, 그리고 다른 유치한 보물들을 밀어냈다. 그런 다음 발과 상아를 허공에 뻗은 채 뒤집어진 작은 나무 코끼리 조각상을 꺼냈다. 조각상을 뒤집어 코끼리가 나를 마주보도록 했다. 코끼리는 상아를 들어 올린 채 돌진할 준비를 마쳤다.

코끼리를 꽉 움켜쥐자, 키리냐가산 나무를 깎아서 만든 녀석의 육중한 무게가 느껴졌다. 지타우 형이 마이나와 함께 안전하게 지내고 있기를, 그리고 형이 코끼리 짝을 간직하고 있기를 빌었다. 키리냐가 숲에서의 생활은 고달프고 위험하다. 우기가 시작되면, 장대 같은 비가 억수로 쏟아져 훨씬 더 위험하고 더 힘들 것이다. 이제 키리냐가도 눈에서 사라졌다. 개밋둑만큼도 보이지 않았다. 트럭은 우리들을 멀리 어딘가로 데려가고 있었다. 그리고 바바는 더 많은 가시철조망으로 둘러싸인 미지로 끌려가게 될 것이다. 오직 땅만이, 키리냐가산만이 우리를 연결해 줄 것이다. 우리들은 파헤쳐졌고…… 뿌리가 뽑혀서…… 시든 잡초처럼 사방으로 흩어지고 있었다.

"와준구는 땅을 파낼 수는 없다. 땅은 앞으로도 언제나 그곳에 있을 것이다."

이게 바바가 하려고 했던 말이 아니었을까…… 지금 말한다면 바바는 이렇게 말하지 않을까? 땅이 그곳에 있는 한 포기하지 말고 희망을 가져야만 한다고.

마미를 바라보았다. 남동생과 여동생이 마미에게 머리를 기댄 채 잠들어 있었다. 먼지 때문에 눈을 감은 마미의 얼굴에는 그늘진 가면처럼 주름살이 깊이 패어 있었다. 한 번도 마미가 늙었다고 생각한 적이 없었다. 하지만 이제 나는 아이가 아니었다. 바바가 없어 이제 가족을 돌봐야 하는 책임을 지게 되었다. 하지만 이싸카 나 위야씨, 즉 우리들의 땅과 자유를 위해 싸우는 형과 다른 사람들에게 합류하라는 부름을 받게 된다면, 가지 않을 수 없지 않은가? 온몸 깊은 곳에서 맹렬하게 타오르는 불길에 몸을 떨었다. 그 불이 모든 사람들을 집어삼키고 있었다. 그리고 내 심장 안에서 타는 불길을 막아 내는 법을 나는 알 수 없었다.

후기

땅과 풀, 나무가 완전히 다른 이야기를 들려줄 거란 사실을 알게 되면, 당신은 아름답고 조용하고 평화로워 보이는 세상에 서 있다는 게 정말 이상하게 느껴질 것이다. 아침 안개가 케냐 산, 즉 키리냐가의 비탈로 피어오르는 모습을 보면서 나는 그런 기분을 느꼈다.

1952년 10월에 선포된 비상사태 기간 동안, 5만 5000명의 영국 군인이 케냐로 파병되었다. 마우마우는 32명의 백인 정착민을 살해했다. 당시 언론 보도를 기억하는 사람들은 "더 많았던 것 같은데."라고 자주 말하지만. 그리고 반 마우마우들에게 1800명 이상의 아프리카인들이 살해당했고, 수백 명이 실종됐지만 아직까지 그들의 시신은 발견되고 있지 않다. 그 당시 마우마우에 관한 끔찍한 이야기들이 보도되었다. 그러나 영국 경찰은 적어도 1만 2000명(어쩌면 2만 명)에 달하는 마우마우와 용의자들을 죽였다. 비상사태는 키쿠유족에게는 재앙이었다. 부족 사이에서도 분열이 일어났다. 그것은 내전과 마찬가지였다. 적어도 15만 명의 키쿠유족 사람들이 마우마우 지지자란 죄목으로 수감되었다. 그들 대부분은 어떠한 재판도 받지 못했다. 복면을 한 정보원이 손가락으로 누군

후기

가를 가리키면, 그걸로 충분했다. 한 마을의 전체 주민이 '집단 처벌'을 받기도 했다. 영국 정부는 광범위하게 일어나는 범법 행위를 막으려고 사형을 늘렸다. 증거가 불충분해도 피의자들에게 사형을 언도했다. 1090명의 키쿠유족 남자들의 목이 매달렸고, 30명의 여성이 무기징역형을 선고받았다. 독립 투쟁이 일어났던 영국의 다른 어떤 식민지보다 케냐에서 훨씬 더 폭압적인 진압이 이루어졌다. 영국 정부는 폭압적인 진압에 대해 케냐에서 테러를 핑계로 인권을 유예시켰기 때문이라고 주장했다.

영국에서는 사회주의자 국회의원 페너 브록웨이와 '식민지 자유를 위한 운동(Movement for Colonial Freedom)'에서 활동하고 있던 바바라 캐슬과 같은 몇몇 사람들이 정부에 강하게 항의했다. 강제 수용소에서 자행된 고문과 학대에 대한 책들도 출판되었다. 하지만 영국 정부는 변함없이 케냐의 경찰들을 지원했다. 두려움과 백인 정착민들의 탄압에 케냐의 아프리카인들이 굴복하는 실정이었는데도 말이다. 그들이 설사 고소당하더라도, 대개는 아주 가벼운 형벌을 받았다. 담뱃불로 용의자의 고막을 지진 혐의는 벌금과 함께 3개월간의 노동을 선고받았을 뿐이었고, 용의자에게 파라

핀을 들이부은 혐의에는 25파운드의 벌금이 부과되었을 뿐이다.

  1957년이 되자 더 이상 투사가 한 사람도 남아있지 않게 되었다. 결국 마우마우가 패배한 것이다. 하지만 백인 정착민들은 비상사태가 계속 유지되기를 원했다. 1959년 홀라 강제 수용소에 구금된 11명의 수감자들이 백인 교도관들이 지켜보는 가운데 흑인 경비들의 곤봉에 맞아 죽었다. 공무원들은 그 살인 사건을 은폐하려고 했다. 하지만 진실이 밝혀졌고, 그 사건은 영국에서 엄청난 물의를 일으켰다.

  1960년 1월, 마침내 비상사태가 해제되었다. 영국 정부는 거의 모든 케냐인의 지지를 받은 정부에 통치권을 넘겨줄 준비를 했다. 내 이야기가 끝난 시점에서 거의 10년이 지난 1963년에 조모 케냐타가 케냐의 초대 수상이 되었다. 일 년 뒤, 그는 영국으로부터 독립한 케냐공화국의 대통령이 되었다. 한 영국 총독은 그를 '어둠과 죽음의 지도자'라고 불렀으며, 그는 비상사태 기간 동안 7년을 감옥에서 생활했다. 그렇지만 완전히 피폐해진 자신의 조국에 평화를 가져오기 위해 케냐타 대통령은 다음과 같이 선언했다.

  "용서하십시오. 우리는 과거의 증오를 잊어야만 합니다. 복수가

후기

아니라 다 함께 힘을 합쳐 화합을 이루어야만 합니다."

　비상사태 기간에 일어난 일들은 부족들 사이에서만 언급되었고, 교사들은 케냐 어린이에게 공인된 독립 투쟁의 역사만을 가르쳤다. 마우마우는 2003년까지 무려 40년 동안이나 공식 석상에서는 언급할 수 없는 단체로 남아 있었다. 심지어 2005년까지도 나이로비 국립박물관에는 이 고통스러운 역사에 관한 전시물이 단 한 건도 없었다. 나는 은예리에 있다는 평화박물관을 찾아갔다. 그곳에 저항세력(마우마우)과 반저항세력(당시 체제 지지자) 양측으로부터 기부 받은 물건들, 오래된 문서들, 사진들이 전시되어 있다는 얘기를 들었기 때문이다. 양측의 역사가 한 지붕 아래 함께 모인 이 기념비적인 박물관이 나는 무척이나 보고 싶었다. 그러나 작지만 용기 있는 이 박물관은 더 이상 존재할 수 없게 되었다. 돈이 없어 더 이상 운영할 수 없는 것이다.

　과거의 유령들을 부활시킬 수 있는 한 가지 방법이 있었다. 2006년 10월 런던의 변호사들이 연로한 마우마우 수감자들 일부를 대신해 영국 정부를 상대로 손해배상 청구소송을 제기했다. 변호사 측은 고문과 불법 학대가 독립을 쟁취하기 위한 저항 활동을 진압하려는 식민지 정책의 일부였다고 주장했다. 재판이 벌어지는 동안, 수많은 사람들이 그 어느 때보다 더 많이 말을 하고 더 많은 글을 썼다. 수십 년 동안 역사는 수백 곳에, 숲과 도랑, 동굴과 주택, 시골과 도시에 감춰져 있었다. 이제 많은 역사가 침묵을 깨고 기억의 덤불로부터 모습을 드러내고 있다.

그리고 나는 매슈를 위해, 무고를 위해 그 사실들을 믿어야만 하는 이야기꾼에 불과했다.

kĩrĩ ngoro kĩrutagwo na mĩario
가슴속에 있는 말은 이야기를 통해 밖으로 드러난다.

※ 베벌리 나이두 홈페이지 www.beverleynaidoo.com

도서출판 내인생의책은 한 권의 책을 만들 때마다
우리 아이들이 나중에 자라 이 책이 '내 인생의 책'이라고
말할 수 있는 책을 만들고자 합니다.

나는 한 번이라도 뜨거웠을까?
(원제 : Burn My Heart)

베벌리 나이두 글 | 고은옥 옮김

초판 발행일 2011년 4월 9일 | **제3쇄 발행일** 2013년 1월 7일
펴낸이 조기룡 | **펴낸곳** 내인생의책 | **등록번호** 제10-2315호
주소 서울시 마포구 망원동 385-39 3층 (우)121-821
전화 (02)335-0449, 335-0445(편집) | **팩스** (02)335-6932
전자우편 bookinmylife@naver.com | **홈 카페** http://cafe.naver.com/thebookinmylife
편집 한지혜 신유진 박소란 김지연 | **마케팅** 김의현
디자인 인디자인 | **일러스트** 이윤미

Burn My Heart
Copyright ⓒ Beverley Naidoo, 2007
All rights reserved.

Korean translation copyright ⓒ 2010 by The Book In My Life
Korean translation rights arranged with Penguin Books Ltd through EYA
(Eric Yang Agency)

이 책의 한국어판 저작권은 EYA(Eric Yang Agency)를 통한
Penguin Books Ltd사와의 독점계약으로 한국어판권을 내인생의책이 소유합니다.
저작권법에 의하여 한국 내에서 보호를 받은 저작물이므로 무단전재와 복제를 금합니다.
ISBN 978-89-91813-79-3 03840
* 책값은 뒤표지에 있습니다.
* 잘못된 책은 구입처에서 바꾸어 드립니다.

이 도서의 국립중앙도서관 출판시도서목록(CIP)은
e-CIP홈페이지(http://www.nl.go.kr/ecip)와
국가자료공동목록시스템(http://www.nl.go.kr/kolisnet)에서 이용하실 수 있습니다.
(CIP제어번호: CIP2011001354)

> 책은 나무를 베어 만든 종이로 만듭니다.
> 그래서 원고는 나무의 생명과 맞바꿀 만한 가치가 있어야 합니다.
> 그림책이든 문학, 비문학이든 원고 형식은 가리지 않습니다.
> 여러분의 소중한 원고를 bookinmylife@naver.com으로 보내주시면
> 정성을 다해 좋은 책으로 만들겠습니다.